目次

はじめに

大人って、もっと本当に「大人」なのかと思っていた。……と、誰もが大人になると思うものです。子供の頃に仰ぎ見ていた大人は迷いなど微塵《みじん》もなさそうでちゃんとしていたのに、自分が大人になってみると、迷いの連続で全くちゃんとなどしていないではないか、と。

それは、小学生の頃は広大に思えた学校のグラウンドを大人になって眺めてみると意外に小さかった、といった現象と似ているのかもしれません。自分が小さかったからこそ、大人はやたらと立派に見えたのであって、その頃の大人も実はちゃんとなどしておらず、無理してちゃんとしているフリをしていたのかもしれないのです。

しかし五十代となった今、自分と同世代とをしげしげと眺めてみた時の「小さい……」という感じは、その手の心理だけによるものではないように思う私。他の世代が五十代だった頃よりも、我々は今ひとつ活躍することができずにふわっと存在している、つまりは「駄目」な感じが、確実にある気がしてなりません。

なぜ私は、自分とその世代に駄目さを感じるのか。その背景にあるものは、そして未来は……？　ということを考えてみたのが、本書。同世代の方々には、自分達の来し方を振り返る一助として。また他の世代の方々には、「あの世代って、どうして」という様々な疑問を抱いた時のヒントになれば、幸いに思います。

昭和の最下級生として

私が生まれたのは、昭和四十一年。西暦で言うならば、一九六六年となります。

昭和四十一年は、ビートルズが来日した年として知られています。法被を着たビートルズのメンバーが日航機のタラップを降りてくる姿を、身重であった我が母は、きっとテレビで見たことでしょう。その二カ月半後、ビートルズ熱が冷めやらぬ世の中に、私は生を享《う》けたのです。

ちなみに、時の首相は佐藤榮作《さとうえいさく》。昭和《しょうわ》天皇は、おん年六十五歳。当時は皇太子であった今上天皇（平成三十年現在）は、三十三歳。敗戦から二十一年が経っていました。

そんな昭和四十一年は、「丙午《ひのえうま》」であることでも、知られています。甲、乙、丙、丁……という十干と、子《ね》、丑《うし》、寅《とら》、卯《う》……という十二支を組み合わせたものが、干支。「丙」と「午」のカップリングが丙午であるわけですが、この「丙」と「午」、両者ともに火の気を持つのだそう。江戸時代には、丙午の年は火事が多いと言われたり、また八百屋お七《しち》が丙午の生まれだったことから、「丙午に生まれた女性は、夫を食い殺す」といった迷信が生まれました。

干支は六十年に一回まわってくるわけで、昭和四十一年は、明治三十九年（一九〇六）以来の丙午でした。既に東京でオリンピックが開かれ、新幹線も走り、先進国の仲間入りを果たしたと思われていた日本で、今さら丙午を信じる人もいなかろう。……とはいかなかったらしく、この年、出生率は前年比マイナス二十六パーセントと、激減します。その前の丙午である明治三十九年は、出生率が下がったといっても五パーセント程度であることを思うと、尋常でない減り方です。

それは、昭和四十一年の方が明治三十九年よりも「減らす手段があった」からだったのでしょう。「産めよ殖やせよ」の時代の反動もあり、戦後の日本では「子供が多いと恥ずかしい」という意識が広がりました。様々な避妊法が世に紹介されていたのであり、「今年は妊娠、やめておこうかしら」と思うことが、明治時代よりは容易だったはず。

また戦後に制定された優生保護法（現・母体保護法）によって、日本では経済的理由からも人工妊娠中絶をすることが可能になりました。それはつまり、ほぼ誰でも中絶ができるということ。現在もそうですが、日本は世界的に見ても「中絶天国」と言われる状態なのです。そんなわけで丙午に産まれそうな時に間違って妊娠してしまっても、堕胎することが可能だったということも、明治とは事情が異なります。それにしても、江戸時代の迷信を昭和の若夫婦達が信じるものなのだろうか、と思うわけですが、そこには親世代の影響があったようです。丙午に子供を産みそうな世代の親は、明治から大正の生まれ。そんな親や舅《しゅうと》・姑《しゅうとめ》達が、

「女の子が生まれて将来お嫁に行けなかったら困るし、一応、やめておいた方がいいのでは？」

とアドバイスを与えたケースもあったでしょう。

実際、昭和四十一年の丙午を控えた時期、日本では「どうする、丙午」といった動きが見られたようです。たとえば丙午の前年、昭和四十年（一九六五）の「婦人公論」四月号では「丙午女性の優雅な鼻息」という座談会が開催されました。司会者は、

「来年は丙午の年だというので、最近いろいろな方面で騒いでおりますが、大騒ぎをして、寝た子を起したような形でみんなが恐れるようなことになってもいけないと思います」

と、冒頭に語っています。明治三十九年生まれの女性達に集まってもらい、その体験から「大いに啓蒙《けいもう》」、つまりは「丙午に女として生まれても、全く問題ありません

でした」とアピールしてもらおうというのです。大宅《おおや》壮一《そういち》夫人の昌《まさ》、デザイナーの田中千代《たなかちよ》といった、著名丙午女性がそこには集まったわけですが、彼女達は皆幸せに結婚し、夫を食い殺したりもしていない。だから皆さん、安心してください、と語っているのです。「おばあちゃんなんかに責められて堕しにいくような若いお母さん方に」「そんなばかなことはない」と言いたい、などと。

まもなく六十歳にならんとする丙午女性達はその時、

「生まれてくる女の赤ちゃんのために、やっぱりがんばらなきゃならない」

とも、語っていました。しかし彼女達の反丙午キャンペーンは、実らなかったようです。反丙午キャンペーンよりも、「丙午、怖い」という空気の方が強かったらしく、寝た子は見事に叩《たた》き起こされて、生まれてくる子は激減したのですから。

幸いにして、我が家の「おばあちゃん」達は、丙午伝説を信じていなかったようです。一月や十二月に生まれた人の場合は、「昭和四十年のうちに産もうと思っていたのに遅くなってしまった」とか「昭和四十二年になってから産もうと思っていたのに早く出てきて……」といった可能性がありますが、私は九月生まれですから、最初から「丙午に生まれて結構」と思っていた、ということになる。

かくして私は、生まれた子供が前年比二十六パーセント減となった年に女子として生まれ、すくすくと育っていったわけです。夫を食い殺す以前に、その夫に出会わず生きる人が私を含めて多いというのはこの世代の特徴の一つであるわけですが、果たしてそれは丙午のせいなのかどうか……。

それはいいとしても、私は子供の頃から何となく、「自分の学年って、地味なのではないか」と思っておりました。明るさ、派手さ、外見のレベル等、様々な部分において、他学年と比べるとどうもパッとしない。穏やかな良い子が多くて、イジメなどの問題は顕在化しないものの、良くも悪くも目立たない、という感じなのです。

人数が少ないが故に競争が少なかったからなのだろう、という話があります。昭和四十年代というのは、第二次ベビーブームに向けて、子供がどんどん増えている時期。受験戦争は、激化していました。特に昭和四十年と四十二年は、丙午出産を避けた人達によって出生数、出生率ともに増しています。

そんな中、丙午キッズ達は比較的のんびりと生きることができました。出生率の推移を見てみますと、昭和四十年↓二・一四、四十一年↓一・五八、四十二年↓二・二三という異常な数値。丙午の年の出生率を初めて下回ったのは平成元年（一九八九）で、その時は丙午の数字すら下回ってしまった、ということから「一・五七ショック」と言われたのです。

我々が大学入学時の十八歳人口は、他の年と比べてがくっと下がり、反対に大学進学率は上昇している。受験戦争は、他の年よりも楽だったということでしょう。

そんなわけで私達が割と楽に大学に入ると、今度は別の方向から、神風が吹いてきました。世は未曾有《みぞう》の好景気となり、物価や地価は急上昇。大学生が、飲み会に毛がはえた程度の催し物をしようとすると、頼みもしないのに企業がスポンサーをつけてくれるような時代が到来したのです。

数年後、その好景気は「バブル景気」と言われるようになります。が、当時を生きる人々は、その好景気が突然弾けるとは思っていませんから、「バブル」などという名称も未知のもの。「なんか世の中浮かれてるけど、まぁこんなものか」という感覚でした。

当然、大学生にとって就職活動は、売り手市場となります。真面目に就職活動をしている人は、一流企業の内定をいくつも持っているのが当たり前。他企業を受けさせないようにするため、高級ホテルに学生を拘束するような企業もありました。

「優」が一桁《けた》しかないガングロ女子大生であった私も、所属していた体育会のクラブにおけるインカレが終了してから、おもむろに八月二十日（大学四年時の、です）に就職活動を開始。それでも「何とかなるだろう」と思っていたのです。お目当ての企業（ＪＲ東日本）に落ちたりはしたものの、何とか内定ゲット。バブル崩壊後の若者からすると実に腹立たしいであろう神風が、吹いていました。

自分では「就職活動、大変だったわ」などと思っていた、その頃の私。しかし相対的に考えてみますと、我々の就職活動の大変さなどというものは、後の世の学生達と比べると「ざけんな」というレベルでした。

それは、私達より前に生きた女子大生と比べても、「ざけんな」レベルであったとも言えましょう。私の少し前の時代までの女子大学生は、就職戦線において圧倒的に不利を強いられていました。二十二歳で就職しても、すぐ結婚して辞めてしまうのだろう。責任ある仕事は任せられないし……。ということで、四年制大学卒の女性は、縁故なども駆使して必死に職を探すか、そのまま結婚へ進むしかなかった。その頃の「ＪＪ」などには、就職せずに家にいて結婚までの日々を過ごすという「家事手伝い」という肩書きの人も散見されたものです。良い会社に就職したいのであれば短大卒の方が有利、という時代でした。

しかし昭和六十一年（一九八六）、男女雇用機会均等法が施行され、女性も男性と同様の仕事をする「総合職」への道が開かれます。施行当初は、ごく一部のエリートだけが女性総合職となっていましたが、私が就職活動をした時は施行三年目。だいぶ門戸も広がったようで、何の間違いか私のような者も総合職で採用されたのです。丙午で低められた競争率と、男女雇用機会均等法によって開かれた門戸、そしてバブル景気という神がかった追い風によって、私はふらっと社会人になることが決定した、ということになります。

　卒業も決まったし、内定ももらった。人生ってこんな感じなのかしらね〜、とりあえず社会人になる前に遊んでおかなくっちゃ〜。と三回連続でハワイに行ってガングロに磨きをかけていたある時、新聞一面に突然発表されたのが、天皇陛下の容態が悪化、という記事。その時、昭和天皇は八十七歳。その波乱に満ちた生涯の終わりが、近づいてきていました。

　崩御の報がいつ届いてもおかしくないという緊迫した状況の中で昭和六十三年は終わり、明けて昭和六十四年、一月七日。学生のうちに運転免許を取るべく教習所に通っていた私は、乗り込んだ朝イチの教習車の中で教官から、

「天皇、死んじゃったね」

　と言われて、昭和の終わりを知りました。昭和とともに私の学生時代は終わり、平成元年の新入社員として、私は社会へと一歩を踏みだしたのです。それは、いくつも

の幸運によって歩むことができた道であったと言っていいでしょう。

それから、幾星霜。昭和天皇の崩御によって即位された今上天皇が八十代となり、生前退位が検討されるようになりました。平成元年に新入社員であった私は、会社は三年で辞めたものの、その後何とか生きてきて、五十代に。会社員時代の同期達を見てみれば、出世した人もいれば、そうでない人もいる。総合職に就いた女子達は、会社を辞めて専業主婦になった人もいれば、勤め続けて管理職となった人も。

そんな人生半世紀を迎えて今、私の胸には一つの思いが去来しているのであって、それは、

「もしかして私達の世代って……、駄目なんじゃないの？」

ということ。子供の頃から、

「自分の学年って、地味だ」

とは思っていましたが、「とはいえ、いつかブレイクする時が来るのではないか」という気がしていたのです。しかし、二十代、三十代、四十代……と、いくら待っても、いっこうにこの世代が弾ける気配が、感じられない。もちろん、個人として活躍する人は同世代にもちらほらと存在しますが、強烈なカリスマ感のある人、下の世代をぐいと引っ張っていく人が少なくはないか。そうこうするうちにもう五十歳で

はないの、と。

若い頃は、アイドルの時代だったこともあって、芸能界でそれなりに活躍する人もいました。現在も輝かしい存在感を持つ人としては、小泉今日子《こいずみきょうこ》さんが丙午仲間（しかし小泉さんは、早生まれのため学年は私より一つ上。いつまで「学年が」とか言ってるんだ、という話もあろうが、日本で生まれ育った者である限り、死ぬまで学年の呪縛からは離れられまい）。

しかしスポーツ界に目を転じてみると、スターが極端に少ないのです。桑田《くわた》・清原《きよはら》世代は、少し下。同い年のプロ野球選手を検索してみても、名を残した人は他の年に比べると著しく少なく、かろうじて名前を知っているのは野村謙二郎《のむらけんじろう》くらい。あ、デーブ大久保《おおくぼ》も知ってる……と思ったら早生まれだし。力士にも、めぼしい人はいませんでした。少し上、昭和三十八年生まれは「花のサンパチ組」と言われ、双羽黒《ふたはぐろ》、北勝海《ほくとうみ》、小錦《こにしき》らがいるのに、我々世代に記憶に残るような人はいません。

サッカー界の長老・三浦《みうら》カズ（知良《かずよし》）選手が同学年らしいのですが、やはり彼も早生まれのため、丙午ではない。他のスポーツでも我々世代が黄金世代的な存在感を醸し出したことは無いように思われ、やはり母数の少なさ、競争の少なさ、そして苦労の少なさはスターを生まないのではなかろうか、という気がします。

そんな我々は今、社会の中枢を担うべきお年頃となりました。スポーツでは目立つことができなくても、他のところでは頑張っているかもしれない。……と、密《ひそ》かに期待をかけてはいるのですが、今のところ、その期待に応《こた》える動きは見えてきません。政治の世界、経済の世界といった大人っぽい世界を見回してみても、新しい動きをつくっているようなムードが、感じられないのです。

しかしそんな中、我が世代が頑張っている業界が一つだけあって、それが音楽業界です。スガシカオ、斉藤和義《さいとうかずよし》、田島貴男《たじまたかお》、吉井和哉《よしいかずや》、トータス松本《まつもと》……といったところが皆、丙午。他にも同年生まれのミュージシャンは多く、丙午生まれの人で集まって、「ROOTS66」という音楽イベントを十年に一度ほど開催。五十歳になる年である二〇一六年も、日本武道館など三カ所で開催されたというではありませんか。

音楽業界では、確かに豊作の感がある。けれど他の世界においては……、という丙午生まれ。この感じの根っこはどこにあるのか、と考えてみた時、私の脳裏に浮かんだのは、「我々は、昭和という時代における最下級生だからではないか」ということでした。六十二年と少し続いた昭和という時代で、人生最初の二十二年間を過ごした我々。いつも頭上には、昭和の偉大な先輩達が存在し、我々を引っ張っていってくれていました。ミュージシャンなど、一人で活動することができる世界においてはそこそこ活躍ができても、組織に入ると目立たなくなるのは、そのせいなのではないか。

競争も苦労も少なかったが故に、今ひとつパッとしない我が学年の影響は、上下の学年にも及んでいる気がします。何となく我々辺りの学年の人々には、「最後の昭和人」の雰囲気と、「昭和の最下級生」としての甘えの空気が漂ってはいまいか。

本稿においてはそんな気分を検証していこうと思っている私。「私達の世代は、駄目なのではないか」という気分とともに「私は、駄目なのではないか」という気分が強いが故に筆を執るわけですが、しかしそのように自虐することを何とも思わず、それどころか他の世代から駄目扱いされるという〝他虐〟すらのんびり眺めていられるのも、苦労知らずの我々世代の特徴なのかも。そんな世代が既に五十、という状況に危機感を抱きつつ、お読みいただければ幸いです。

親バブル、子ゆとり

自分達のことを言われるとカチンとくるけれど、他人のことについてあれこれ言うのは楽しいのが、世代論です。「○○世代」といった言葉で、その世代のことを賞賛する響きを持つものは、まずありません。ほとんどが揶揄《やゆ》混じりであるからこそ、

「あの人ってさぁ、○○世代だからダメなんだよねぇ」

「そうそう、あの世代の人って……」

などと陰で言うのが楽しいのです。

反対に、自分のことを「○○世代」とひとくくりにされると、納得できない気分になるもの。世代の特性というのは、多くの場合は統計的に正しいわけではなく、他の世代が「そう捉《とら》えたい」からそう見ている、というケースが多いのであって、

「○○世代だからといって、その特性にあてはまらない人はたくさんいるのだ！」

と、言いたくなるのです。

たとえば「ゆとり世代」と名付けられてしまったら最後、ゆとりっ子達は「のんびり、おっとり、草食系」といったイメージを背負い続け、何かというと、

「ほらあの人、ゆとりだから」

と言われることになる。

しかし一口にゆとり世代と言っても、ゆとり教育を何年受けたかは年齢によってまちまちですし、ゆとり世代にもオラオラ系の人もいる。しかし私達は、言葉のレジャーのように、

「あの人、ゆとりだから」

と言い続けるのでしょう。

昭和が生んだ最も有名な世代は、「団塊の世代」です。第二次世界大戦に敗けた直後からのベビーブームで生まれた大量の子供達が、団塊の世代。昭和二十二年〜二十四年頃に生まれた人達を指します。

私が会社員になったのは、団塊の世代の人達が四十代前半の働き盛りという時代でした。が、当時の私達は、社会人になって初めて「団塊の世代」という言葉を知り、それが何なのかは全く知らなかった。「団塊」を「ダンコン」と読むのが、当時の女子社員にとって定番の赤っ恥体験だったのですが、世間がなぜ、団塊の世代を揶揄含

みで言うのかも、よくわかっていませんでした。

団塊の世代がそうであったように、第二次世界大戦は様々な世代を生み出しました。戦後すぐに流行《はや》ったのは、「アプレゲール」という言葉。フランス語で「アプレ」＝後、「ゲール」＝戦争ということで、いわば戦後派といった意味であるわけですが、フランス語の響きからも、最初は洒落《しゃれ》たイメージがあった模様。しかし次第に「アプレ」と略されて使われる頃になると、戦後のやさぐれた雰囲気の中で、無軌道で退廃的な生き方をする若者、という悪い響きを持つようになったようです。

三《み》島《しま》由《ゆ》紀《き》夫《お》は「アプレ作家」、その三島が作品のモデルにした東大生が起こした光《ひかり》クラブ事件は「アプレ犯罪」……という具合であったわけですが、彼等は大正末期の生まれ。ナイーブな時期を戦争の不安の中で過ごした世代であったと言えましょう。

アプレゲールと重なるところもありますが、その後に来るのが昭和一桁《けた》世代。我が父親も昭和一桁生まれなのですが、彼等は戦後のアメリカ文化を享受しつつも、かつては軍国少年・少女だったりもした世代。封建的な感覚と欧米の感覚が入り混じる矛盾に悩みもしたのでしょうが、日本が高度経済成長を遂げることができたのは、彼等の「お国のために我が身は顧みずに頑張る」という軍国少年・少女の血のせいと思われます。

戦争中に子供だった「焼け跡世代」がその後に入ったりもしますが、戦争関連世代のしめくくりとして、大きなボリュームとして登場するのが、団塊の世代です。この世代は、「数が多いせいか、俺が俺がという押しが強い」「偉そう」などと嫌われがち。そのせいか、団塊の世代よりも後の一九五〇年代後半から一九六〇年代前半に生まれた人達は、「シラケ世代」や「新人類」となるのでした。上の世代があまりにもたくさんいて、むんむんと熱くるしかったが故に、しらーっとしてしまったのでしょう。

新人類世代は、バブル世代である私のすぐ上の世代と言うことができます。私の世代も含めて新人類、という分類の仕方もあるようですが、十年以上も続いたら、もはや「新」でもあるまい。

なにせ「新」しい「人類」である「新人類」達は、若い頃に面白いことをたくさんしていました。それは従来の枠にはまらない活動なのだけれど、かといって団塊の世代のように、権威に反抗せずにいられないたぎる熱量を持っていたわけでもない。政治には無関心でしらけていた彼等は、既成の権威や枠に反抗するのではなく、それらをするりとよけていたのであり、今考えてみるとそんな彼等が面白がって始めたことが今で言う「サブカル」だったのでしょう。そして新人類こそが、我々バブル世代が大いなる影響を受けた「先輩」になるわけです。

団塊の世代が熱すぎたからこそしらけた新人類が登場したように、前の世代の個性が強すぎると、その揺り戻しによって新しい世代が誕生することがあります。が、新人類世代の後、一九六〇年代後半に生まれた我々バブル世代は、新人類のせいではなく、日本の経済状況によって発生した世代。もしもバブル景気というものがなかったら、バブル世代は特に名前のつかない、「新人類の終わりの方」として位置づけられていたことでしょう。

しかし一九八〇年代後半、日本にはかつてない好景気が訪れようとしていました。その経済成長とともに青春期を過ごした世代は、たまたま何の苦労もせず、浮かれ気分のままに社会人になったのです。

そんな我々は、子供時代に苦労をした経験もありません。生まれた時から電化製品は家に揃っており、寒さや飢えに苦しんだことは、もちろん無い。そうこうしているうちにバブルがやってきて、

「世の中って、こういうものなのか……」

という感覚だけが膨らんでいった。

とはいえ、私と同じ頃に生まれたからといって、皆がバブルっぽい体験をしているわけではありません。多くの人が、

「バブルの恩恵なんて、受けたことがない」

「地方にいたし、好景気だということにすら気づかなかった」

と言っている。彼等はそれからずっと「バブル世代」と言われ続けることに、さぞや反感を覚えたことでしょう。


対して私は、バブルっぽさを体感しやすい場所にいました。バブルの勢いに乗って就職したのは広告代理店で、バブル絶頂の三年間のみ、その職場に身を置いていたのです。新入社員ですら、得意先への行き帰りにタクシー使用は当然。海外出張もしょっちゅう……といった様子にまた、

「世の中って、こういうものなのか」

と、思ってしまいました。


その後の私は、バブル崩壊とともに会社を去ります。景気のことを考えて会社を辞めたわけでなく、会社のお役に立てないことが心底申し訳なくなっての、退社。その辺は、昭和一桁世代を父に持つ娘として、「このまま会社にご迷惑をかけ続けてはいかんのではないか」と、思ったわけです。

我々に続く世代には、バブル時代の揺り戻し現象を確実に見て取ることができます。バブルが弾けた後にやってきたのは、長期にわたる景気の低迷。「失われた十年」と

言われますが、この時代に就職活動をした世代は、「氷河期世代」などと言われます。

我々バブル世代は、

「何十社も受けては落ち、を繰り返しました」

などと氷河期世代が言っていると、胸が痛んだものです。自分達はさほどの苦労なしに数社の内定を手にしていたのに対して（私の場合、内定は一社だけだったが）、ほんの数年後に生まれた彼等がそんなに苦労しているとは……と、申し訳なさでいっぱいに。

氷河期世代は、団塊ジュニア世代とも重なります。団塊の世代が結婚して子をなした時、第二次ベビーブームというものが発生し、彼等もまたかなりのボリューム感のある世代となった。しかしそんな彼等が就職する時がバブル後の不景気と重なり、人は多いわ不景気だわ、という二重苦を背負うことに。人は少ないわバブルだわ、という丙午《ひのえうま》生まれとしては、彼等の前からそっと姿を消したい気分になりました。

その後、一九七〇年代後半から一九八〇年代前半にかけて生まれた世代には、特に印象的な名前はついていない模様です。が、彼等も決して景気が良いとは言えない時代に生まれ育った人。そんな中で、一九八二年生まれの人が、

「実は私は、『酒鬼薔薇《さかきばら》世代』と言われる年の生まれなのです」

と教えてくれました。神戸《こうべ》連続児童殺傷事件の犯人である酒鬼薔薇聖斗《せいと》、秋葉原《あきはばら》通り魔事件の犯人、西鉄バスジャック事件の犯人等、今も人々の記憶に残る事件の犯人が皆、その年の生まれなのだそう。

しかしこの年は、良い意味で記憶に残る有名人も生み出しています。北島康介《きたじまこうすけ》、吉《よし》田《だ》沙保里《さおり》というオリンピック金メダリストや、宇多田《うただ》ヒカル、櫻井翔《さくらいしょう》……。他にも綺《き》羅星《らほし》のごとくビッグな有名人が生まれていて、丙午とは大違い。良きにつけ悪しきにつけ、何か特別な人を生み出す土壌がこの年にはあったということなのか。

酒鬼薔薇世代を経て、一九八〇年代の後半に生まれた人から、「ゆとり世代」は始まります。ゆとり教育は、小中学校では二〇〇二年度から、高校ではその翌年度からスタートしました。しかし国際学力調査での点数が下がってしまったことが問題となり、「脱ゆとり」となったのが、二〇一〇年代になってから。

我々バブル世代の多くは、ゆとり世代の子供を持っています。そして我々はその状況を、「親バブル、子ゆとり」と、自嘲《じちょう》的に呼んでいる。

中でもある同級生は、

「我が家は究極の『親バブル、子ゆとり』！　うちの子は一九九五年生まれなんだけど、この学年の子だけが、小学校一年から高校三年までずーっとゆとり教育だったっていう、「フルゆとり世代なのよ！」

とのこと。

丙午の彼女は、二十九歳の時に男の子を産みました。晩婚・晩産化がどんどん進んでいた当時としては、同級生の中でも早めに子供を産んだ、という印象。そして気づけば、子供の小学校入学と同時にゆとり教育開始。高校卒業時まで、フルコースでゆとり教育を受けて育っていった、と。

私は赤子の頃からその子を見ているのですが、個人の特性のせいか時代のせいか、確かに彼はおっとり・のんびり気質。私達が若い頃の男子のような「モテたい！　ヤりたい！」というようなギンギンなムードは全くなく、世代論好きとしては「これがゆとり世代ってやつなのかしらねぇ」と思ってしまう。

そんな一九九五年生まれは、彼女の話を聞くと「フルゆとり」ということだけでなく、かなり特別な世代という感じがします。生まれた年に、阪神淡路《はんしんあわじ》大震災と地下鉄サリン事件が発生。幼稚園最後の年には9・11、中学入学の年はリーマン・ショック、卒業の年は東日本大震災……と、

「節目節目に何かが起こる！」

と、言っていました。そして、

「フルゆとりで育っちゃったのに、就職活動は厳しいっていうじゃないの。でも親のアタシはバブル世代で、何らアドバイスらしいアドバイスなんてできない。白いスーツで就職活動したなんて、誰も信じてくれないでしょ〜」

と、半泣き状態になっていたのです。

今では信じられないことですが、確かに彼女は白いスーツで就職活動をしていました。そして、大手メーカーなどの内定をやはり複数持っていて、結局は外資系企業に就職していましたっけ。

親子間の世代の相違というのは、時として家庭内に摩擦を生むものです。たとえば我が家であれば、父親は昭和一桁の元軍国少年であるのに対して、娘である私は、チャラチャラ生きてるバブル世代。感覚が合うはずがありません。

我が家の場合は、母親が父親よりも十歳若く、小学校から戦後の民主主義教育を受けた世代だったので、夫婦間の世代の相違もありました。我が家が常にギスギスしていたのは、世代ギャップのせいもあったのでは……と、今となっては思う私なのです。

敗戦による日本の激変によって、このような家族内世代ギャップは、どの家庭でも存在していたことでしょう。しかし基本的には、「親の世代は貧しかったが、子供達は親世代以上の暮らしをできるようになっている」というパターンが、戦後長らく続いていたのではないか。敗戦によってどん底に落ちた日本でしたが、その後クソ意地を出して経済成長を続け、子供世代は親世代よりも高い教育を受け、豊かな生活を享受するようになったのです。

　そのパターンの転換点となったのが、バブルの時代でした。糸井《いとい》重里《しげさと》による「ほしいものが、ほしいわ。」という西武百貨店の広告コピーが世に出たのは一九八八年でしたが、時代は既に「ほしいもの」を懸命に探すようになっていました。

　食べ物、着る物がほしいという戦争直後から、次第に洗濯機がほしい、テレビがほしい、車がほしい……と、ほしい物を得るために必死に働いてきた日本人。しかしそんな時代はとっくに終わったのであり、満ち足りすぎて、何かを「ほしい」って思いたーい！……という時代に。

　そんな時代に若い季節を過ごした我々は、常に満ち足りているのが当然でした。全てはじゅうぶんに与えられているから、「もっとキラキラしたもの」を求めて、日々を過ごしていたのです。

　が、そんな時代は長くは続かず、バブル崩壊。日本の経済界には、寒風が吹きすさびます。そんな時代に育った子供達は、必ずしも親世代より豊かな生活ができるとは限らない。親は労せずして大企業に入ることができたのに、子供はボロボロになるまで就職活動をしても、内定が出ない。やっと就職したらブラック企業だった……などと。格差の拡大も進み、同世代の子供達を見ていると、親が必死に面倒を見てやらないと、いとも簡単に階級を転落していくケースも見受けられます。

私達は若い頃、親の口から「疎開」「空襲」といった単語を聞いて、

「昔の人って、大変だったのね」

と、同情していました。しかし今の若い人達は、親の口から「赤プリ」「ＢＭＷ」といった単語を聞いて、

「昔の人って、ラクしてたのね」

と、もしくは、

「昔の人って、馬鹿だったのね」

と、思うのではないか。

親というものは、自分達より貧しい時代を生きたけれども、賢かった。そんな認識は崩れ、親というものは自分達より楽な時代を生きて、そして馬鹿だった。……と思う子供達が育っていく時代が、ここから始まります。

ディスコの灯を守り続け

二〇一六年、平野《ひらの》ノラさんという女性芸人がブレイクしました。彼女の持ちネタは、「バブリー美奈子《みなこ》」。肩パッドがかっちり入った赤いワンピースに太眉《まゆ》メイク、肩から弁当箱のような携帯電話を下げて、

「しもしも〜?」

などとバブル用語を連発する芸が、ウケたのです。

この芸を見て、「来るべきものが来た」と思ったバブル世代は多かったことでしょう。日本において、若者が上の世代に反発を感じることはあれど、ここまで堂々と嗤《わら》われ、揶揄《やゆ》される世代はなかったのではないか。

我々は若い頃、すぐ上の新人類世代を憧《あこが》れの視線で見ていましたし、その上の全共闘世代、団塊の世代は、何かややこしそうだけれどパワフルでもある、と一種の畏怖《いふ》をもって見ていた。さらに上の戦争を知る世代に関しては、「大変な時代を生きてき

たからこそ、強い」と、尊敬もしていたのです。

しかし、今社会の中核をなしているはずのバブル世代は、こうして堂々とジョークの題材になっている。我々は今、分別盛りのお年頃だというのに、日本史上初めての「嗤われる世代」になっているのではないか。

……などと感慨を抱きつつも、私はなぜか全く不愉快ではないのです。むしろ彼女の芸が大好きで、「もっとネタを提供してあげたい」とすら思っていた。

なぜ不愉快ではないかと考えてみますと、それだけ我々バブル世代がおめでたい、ということはありましょう。自らのことを嗤われても「ま、しょうがないし〜」とスルーできる気のよさを持っているのです。

それは悪く言うと「自尊心が無い」ということでもあるのですが、政治の季節のことなど全く知らず、平和で豊かな時代に生まれ育った我々、「怒る」という感情をどこかに置き忘れているきらいはあります。

平野ノラさんがバブル世代ではないので、見ていても嫌な気持ちにならないという理由もあります。彼女は、弁当箱大のショルダーホンが世に出た当時はまだ子供、というお年頃。バブル的な実体験を持っているわけでなく、努力してバブル芸を習得したのです。もし、かつて実際にボディコンを着ていたバブル世代がこの芸をしていたら、痛々しくて見ていられませんが、若い人が芸として披露する分には、ぐっと乾いた印象に。

二〇一三年に、フジテレビで「抱きしめたい！ Forever」という単発ドラマが放送されました。これは、一九八八年に放送された「抱きしめたい！」のその後、というバージョンです。

主演はW浅野《あさの》、すなわち浅野温子《あつこ》と浅野ゆう子《こ》。八八年のドラマでは、主人公二人は二十九歳という設定で、浅野温子は独身スタイリスト、浅野ゆう子は専業主婦の役でした。でもその夫（岩城《いわき》滉一《こういち》）は温子の元彼だったりして、恋と友情が絡み合う……というストーリーです。

平野ノラのような携帯を駆使しながら、屋上にジャグジーがついたマンションに住んでいる浅野温子。まさにバブリーなこのドラマは大ヒットし、トレンディドラマの礎を築きました。

だからこそ、四半世紀も後になって新バージョンが放送されたのですが、私も怖いもの見たさでつい、このドラマを見てしまったのです。同世代の友人達も、やはり「つい見てしまった」という人が多かったのですが、その後の感想戦においては皆が、

「痛すぎる……」

と口を揃えました。

五十四歳という設定の二人に、それなりの老化が見られることは仕方がありません。

しかし、

「『だしょ？』とか『食べれ〜』とかっていうバブル語がもう、痛くて聞いていられなかった……」

「あれは、視聴者に郷愁を感じてもらうための、あえての古語使用だったのかな？」

「だとしたら失敗している。我々に苦痛を与えるだけなのにね。私もそれがつらくてチャンネル回しちゃった。……って、おっと『チャンネル回す』も古語か」

等と、自虐含みで語り合ったのです。

いまだロングのワンレンのW浅野が、それなりに老化しながらも、若い時と同じようにはしゃいだ様子でバブル用語を連発。その様子からは、髪だけが腐らずに生々しい古代のミイラ、的な怖さが漂ってきたのでした。

対して、実際にバブルを体感していない平野ノラが芸としてバブル用語を連発する姿からは、その手の生臭さは漂ってきません。「だしょ？」と言い合うW浅野のことは怖くて笑えないけれど、「しもしも〜？」と髪をかきあげる平野ノラのことは、カラッと笑うことができるのです。そして、五十代に「だしょ？」と言わせることは郷愁ではなく痛みとしてしか伝わらないということを把握できなかったフジテレビに、その凋落《ちょうらく》の一因を見るような気がしたものでしたっけ……。

無論、私もたまにはバブル語を口にします。友人といる時、

「ヒーコーでもむーのー?」

などと言ってみせることもあるのです。しかしそれは、必ず同世代の友人しかその場にいない時。それも、あえてのバブル語であることを瞬時にわかってくれる友人に限る。

バブル世代が口にするバブル語は、タバコの煙と同じなのです。タバコは同好の士しかいない場所でのみ、吸うべきもの。他世代がいる場所で、バブル語という副流煙を漏らしてはなりません。

このように、それがあまりにけれん味たっぷりであるが故に、三十年経った今でも取り扱い方には注意が必要な、バブル的事象。ワンレン、ボディコン、ミラーボール……といったキラキラした物がバブルの象徴として取り扱われがちですが、しかしそもそもバブルの時代とはどのようなもので、なぜ到来したかを、バブル世代はよくわかっていません。

当然私も、その辺のことは知らないのです。自分達が就職活動をする頃になったら、

何だかやけに世の中が浮かれていて、就職活動にも楽勝感が漂っていた。そして気がついたら、世の中では「バブル崩壊」と言われ、自分達がバブル世代と呼ばれるようになっていた、という感じ。

『バブル　日本迷走の原点　1980-1989』（永野《ながの》健二《けんじ》　新潮社）という本では、日本経済におけるバブルとは何だったのか、が解明されています。著者は、日本経済新聞で「伝説の記者」と言われた人。様々な実話が記され、犯罪ギリギリのところで暗躍したバブル紳士、政治家、銀行に証券会社……と、バブルの主役達の名前が入り乱れます。

本書には、「日本のリーダーたちは、円高にも耐えうる日本の経済構造の変革を選ばずに、日銀は低金利政策を、政府は為替介入を、そして民間の企業や銀行は、財テク収益の拡大の道を選んだ。そして、異常な株高政策が導入され、土地高も加速した」とあるのでした。それが崩壊したのは、まさに「第二の敗戦」である、と。

経済用語がわからない私が、わからない部分を飛ばしつつ読んでも、これはスリリングで面白い本でした。そういえば、株が高くて土地が高くて、マンションなんかも滅多なことでは買えないという話があったっけなぁ。その頃に不動産を買って後々苦労した、という人もいたものだ。財テクしない人は馬鹿、みたいな空気もあったようだけれど、半径三メートルくらいのことにしか関心がないクルクルパーの若者だった私にとっては、別世界の出来事。自分はただ、泡に乗っかってキャーキャー言っていた末端の人間であったのだなぁ。……ということで、バブル崩壊が日本にとってどれほど痛手であったかを、私はこの本によって実感しました。

　バブル世代の私が、それから三十年後に「そんな時代だったのか」と思っている、という事実を見てもわかるように、バブル世代と言われる人々は、バブルという時代をつくった世代でもなければ、バブルを理解している世代でもないことが、特徴です。

　前出『バブル』によれば、日本の株価が下がり始めたのは、一九九〇年の初頭とのこと。しかし我々バブル世代達は、株価が下がり始めたことに気づくべくもなく、芝浦《しばうら》のGOLD《ゴールド》（注：ウォーターフロントという当時はまだ目新しい立地にあった。日本初のクラブとも言われる）で、

「うぇ～い」

　などと踊っていたのです。

　バブルへと日本を進めていったのは、今は既に他界している人だったりするし、バブルの時代に社会の中核となってその泡を攪拌《かくはん》して膨らませていたのは、今はリタイアライフを送っている人。そんなバブルの主役と言ってよい人たちは、「バブル世

代」とは言われません。バブル世代とは、広義で言えば「バブル景気に浮かれて、楽しい若者時代を過ごした人」。狭義で言うと、「バブル景気の影響で、苦労せずに就職することができた人」のことを指すのです。

それは、ゆとり世代の言われ方と似ているかもしれません。ゆとり世代は、自分達が「もっとゆとりをもって教育を受けたい」と言ったわけでもなければ、自分達でゆとり教育のシステムをつくったわけでもないのに、大人達がつくったゆとり教育を受けさせられた結果、後々まで「ゆとり」と呼ばれることになったのですから。

しかし「自分達のせいではない」と言っても、大人達がつくったシステムの影響は、バブル世代もゆとり世代も確実に受けています。バブル世代は、若者時代にただ若者だというだけでチヤホヤされ、強烈にまばゆい光を浴びたせいで、その記憶をいつまでも自分の中で保ち続けることになりました。

バブル世代は、就職こそ楽にできたものの、その後の社会人生活はずっと、不景気、デフレ、失われた十年もしくは二十年……といった、パッとしない空気の中で社会人人生を歩んできました。しかし若者期に浴びた光のせいで、

「いつかまた、キラキラした時代が到来するだろう」

「日本がダメになるはずがない」

「右肩上がり、フォーエバー！」

といった感覚を、どこかで持ち続けてきた。それが中年期になる頃になってようやく、「あれ、なんか……ちがう？」と、気づき始めたのではないか。

強烈な光の印象は、今も薄れることがありません。恥ずかしながら告白すると、先日は「同窓ディスコ会」につい、参加してしまいました。この世代らしく、同級生の中には、いまも職業としてDJ（注：この場合のDJとは、ラジオで語る人ではなく、クラブやディスコ、イベントで音楽を選曲し提供する方）活動をしている人がおり、彼の選曲によって踊ろうではないか、との集いです。

ここしばらく、ディスコブームが再燃などと言われています。が、バブル世代はその崩壊後もずっと、まるで高野山《こうやさん》の奥之院《おくのいん》の決して消えない灯明のように、ディスコ文化の灯《ひ》を守り続けていました。往年の名ディスコが復活したり消えたり、またどこかで一日限りのディスコイベントを開いたりしていたのです。

若者達はクラブにおいて普段着でまったりと身体を揺らすだけ……という時代となって以降も、バブル世代は復活ディスコにおいてギンギンに踊っていました。そして草食の若者が、

「ナンパとかって、したことないっす」

という感じなのに対して、バブル世代は中年になってもディスコでナンパ。チークタイム（注：ディスコでは、バラードが流れるチークタイムというものが定期的にある。この時間は、合法的に男女が抱き合って踊ることになるのだが、あまりモテない女性は、すーっと椅子席に引き揚げていくことに）になれば、セックスレスに悩む主婦達は、簡単によろめいていたのです。

かくして我々も、同窓ディスコ会とあいなったわけですが、これがまた楽しいではありませんか。我々世代は、ユーロビートでお立ち台、という時代よりも少し前のディスコに親しみを持っています。アース・ウインド&ファイアー的な楽曲に最もグッとくるわけで、当時お決まりだった振り付けを皆で揃って踊る楽しさといったらありません。ああ、クラブ世代は群舞だなんて想像もつかないでしょうね。

ミラーボールの下、ディスコで群舞をしていると、バブル世代というのはおそらく、旧世代と新世代のちょうど中間に位置するのではなかろうか、という気がしてきました。ディスコでの群舞、あるいは「フゥ～！」と言うような掛け声で高揚感を得て、ついでに性欲もたぎらせるのは、おそらく盆踊りの時代から連綿と続く、日本古来の感覚。盆踊りの晩に村の若者達がさかっていたように、かつての若者はディスコにおいてさかっていたのです。

しかし今、若者達は恋愛もセックスも面倒なのだそう。生身の人間とあれこれするのは、傷つきそうだし生々しいから、もう二次元の相手でいいのだ、と。

バブル崩壊は、日本の経済の勢いを鈍らせただけではなさそうです。若者の意気を、無謀さを、そして性欲をもしぼませる要素が、そこにはあったのではないか。

対してバブル世代はいまだ、自分の中にそれらの要素を抱えているのでした。そんな部分をチクチクと刺激する平野ノラさんの芸は、痛いようで恥ずかしいようで、でも気持ちよい。同世代しかいない同窓ディスコ会において、我々は自分達の中にたっぷりとたまっている恥ずかしい汁を安心して垂れ流しながら、夜更けまで踊っていたのでした。

なんとなく、軽チャー

一九八八年からフジテレビで放送されたドラマ「抱きしめたい！」について、前回触れました。浅野温子と浅野ゆう子というW浅野が主演したこのドラマは、いわゆる「トレンディドラマ」の嚆矢《こうし》とされています。この後、都会でおしゃれな独身男女達がああでもない、こうでもないと蠢《うごめ》くドラマ群が、各局で作られていくこととなりました。

トレンディドラマが登場する以前は、ドラマといえばホームドラマ、刑事もの、時代劇などが主。私の場合は子供時代、学校から帰ると炬燵《こたつ》に入り、祖母と一緒に「水戸黄門」の再放送（黄門さまは、東野《とうの》英治《えいじ》郎《ろう》）を眺めていたものです。

小学校二年生の時の絵日記に、当時の私のテレビドラマの好みが記してある部分を発見しました。そこには、

「今日、てんつくてんのテレビを見ました。おみ合いをしました。けれども、けっこ

んはしませんでした。」

とあります。「てんつくてん」とは、老舗《しにせ》の佃煮《つくだに》屋を舞台にしたホームドラマだった模様。その他にも、

『めしはまだか』とか、『かんたろう一家』など、こういうテレビは、大すきです」

とのこと。

「めしはまだか」とは、谷崎潤一郎《たにざきじゅんいちろう》の『台所太平記』を原作としたドラマで、「かんたろう一家」とは、もちろんあの向田邦子《むこうだくにこ》脚本の「寺内貫太郎《てらうちかんたろう》一家」。幼少期の私は、相当ホームドラマが好きだったらしいのです。もちろん「太陽にほえろ！」も見ていましたし、バラエティでは「8時だョ！全員集合」を欠かすことはありませんでした。

当時はまだ、テレビは基本的に「一家で見るもの」だったのです。発情中の若い男女が主人公のドラマは、お茶の間機能が消滅し、家族それぞれが自分のテレビを持つようになった時代のもの。

トレンディドラマ誕生の背景には、女性の生き方の変化もあったように思います。ホームドラマの全盛期だった私の子供の頃、特に女性は、結婚によって実家から出て、新しい家族を作るのがまっとうな生き方でした。一人暮らしをしながら恋愛を繰り返す働く女、というタイプはまだ多くなく、いても特殊な人だったのです。「てんつ

くてんのテレビ」でも、老舗佃煮屋の娘は、お見合いで結婚しようとしていたのですから。

日本の女性の貞操観念に大きな変化があったのは、一九七〇年代です。アメリカから入ってきたウーマンリブは、「フリーセックス」という言葉を流行《はや》らせましたし、「抱かれる女から抱く女へ」と言われもしました。

とはいえ、ウーマンリブの波に乗ってセックスをしていたのは、ラディカルな女性達。普通の女性の中には、「結婚するまでは処女でいた方が……」という気分も、まだあったようです。

七〇年代、独身女性達が、解放とか抵抗を念頭においてセックスしていたのに対して、八〇年代のトレンディドラマの主人公は、何も考えずにセックスをしていました。ドラマにセックスシーンは出てきませんでしたが、都会で一人暮らしをする女性が恋愛をするということは、当然セックスをしていたということ。そして結婚前に色々な男性と付き合うということは、色々な男性とセックスをするということでもあった。

女性の貞操観念のみならず、七〇年代から八〇年代の間に、時代は確実に軽くなっていったのです。たとえば、それまで「母と子のフジテレビ」だったのが、「楽しくなければテレビじゃない」というコピーのもと、フジテレビが「軽チャー」路線に転換したのが、一九八一年。しかしそれに先駆けて、世に「軽チャー」革命とでも言うべきものを起こしていた人がいたのであり、それが田中康夫《たなかやすお》さんです。一橋《ひとつばし》大学在学中に書かれた『なんとなく、クリスタル』は一九八〇年に文藝賞を受賞し、その後大ベストセラーとなりました。膨大な固有名詞と、それらを解説する注とともに展開するのは、都会に生きる女子大生の物語。彼女はボーイフレンドと一緒に住んでいるのだけれど、六本木《ろっぽんぎ》にあったサーファー系のディスコであるキサナドゥでレノマの小物入れからセーラムのロングを取り出そうとしていたら声をかけてきた、ラコステのポロシャツを着た男の子に電話番号を渡されて、結局はその男の子とセックスしたりするのです。

　ちなみに当時、私は中学三年生でした。話題のベストセラーが読みたくて、

「うちにあるよ」

　と言っていた友人に借りようとしたのですが、

「パパが、読んじゃいけないって」

　ということで、貸してもらうことはできませんでした。女子大生が簡単にセックスをするような物語は、親御さんとしては禁書扱いだったのでしょう。

　とはいえ、禁じられれば読みたくなるのが中学生の常。別の友達から借りて、こっ

そり読むことに成功したわけですが、おぼこい中学生であった私にとって、クリスタルな女子大生ライフはまばゆい感じがしたものです。しかし、主人公の女子大生が性的に乱れているとは、なぜか思いませんでした。「ま、そうなったら当然『する』でしょうよ」と、おぼこいなりに、思っていたのです。

キサナドゥでナンパしてきた男の子に自分から電話をして会うことになった時、主人公はシャワーを浴びます。その方が気分がいいから、ということで。そして、

「結局、私は〝なんとなくの気分〟で生きているらしい。

そんな退廃的で、主体性のない生き方なんて、けしからん、と言われてしまいそうだけれど、昭和三十四年に生まれた、この私は、〝気分〟が行動のメジャーになってしまっている」

と、彼女は思うのです。

行動を決めるのは、意思でも思想でもなく、「気分」。なんとなく気分が乗ればセックスするし、なんとなく好きなものを、着たり食べたりする。今振り返るならば、この感覚は、八〇年代を象徴するものでありました。八〇年代の若者達は、権威への反抗やら社会の改革など考えることなく、自らの気分に従うことに酔ったのです。

文庫の巻末にある「著者ノート『なんとなく、クリスタル』を書いた頃」には、執

筆の顚末《てんまつ》が記されています。

「どうして、こんなにも日本が物質的に豊かになったのに、相も変わらず、日本の小説ってのは、人生、どう生きるべきか、みたいなテーマを扱ってばかりいるのだろう」

　とかねて考えていた著者は、湿度の低い小説が存在しないのならば自分が書こう、ということで三週間で書き上げたのだ、とのこと。

『なんクリ』が見せた世界は、旧来の日本人にとって衝撃的な「軽さ」でした。それまでの日本において、価値のあるものは全て重かったわけですが、重さはダサさに変換されるようになったのです。

　当時、田中康夫さんは時代の寵児《ちょうじ》だったのであり、様々なメディアを席巻しました。たとえば「婦人公論」の一九八一年八月号における檀《だん》ふみとの対談でも、執筆の理由を、

「なぜ書いたかというと、結局、若い人の青春小説というの、みんなしめっているわけですよ」

　と言っています。

「何か学園紛争がありました、同棲しました、子どもができちゃったのでおろして別れました、また私は頑張るぞという感じの、あまり僕のまわりにはいないからやめて

ほしいなと思っていたの」

と。かくして彼は、

「六本木へ遊びに行く時には、クレージュのスカートかパンタロンに、ラネロッシのスポーツ・シャツといった組み合わせ。ディスコ・パーティーがあるのなら、やはりサン・ローランかディオールのワンピース」

という女の子の生態を、小説として描いたのです。

まだバブルの時代到来までは間がありましたが、『なんクリ』がもたらしたクリスタルのきらめきは、バブルの曙光《しょこう》だったのだと思います。クリスタルな女子大生を真似していたのでしょう、私が通っていた私服の学校では、ムートンのコートにサーファーカット、革の八枚はぎスカートといったいでたちで学校に来る中学生がいたものです。戦争を知っている世代がどれほど眉《まゆ》をひそめようと、物質文明はすっかり熟していたのであり、若者達はまだ見ぬバブルを、心のどこかで待っていたのではないか。

気分で生きる若者達の生態を小説として提示したのが田中康夫さんであったなら、もやもやとした、しかし確実に消費を左右する気分を短い言葉にして見せることが格別に上手だった人がいて、それが糸井重里さんです。

私がその名を初めて知ったのは、一九七九年に発表された沢田《さわだ》研二《けんじ》さんの「ＴＯＫ

IO」の作詞者として。大人の色気や湿り気を感じさせる歌が多かったジュリーの歌の中で、「TOKIO」の軽さには、「新しい!」という印象を受けたことを覚えています。

八〇年代に入ると、「コピーライター」という新しい職業のトップランナーとして、その名前をしばしば目にするようになりました。

中でも西武百貨店の広告における、

「不思議、大好き。」(一九八一)

「おいしい生活。」(一九八二)

　といったコピーは、印象的だったもの。

　その時、私は中学生から高校生だったわけですが、西武百貨店のコピーの意味は、全くわかりませんでした。しかし当時の西武、中でも特に渋谷《しぶや》店は、日本で最も先鋭的なデパートでした。学校帰りに渋谷に寄って、イタリアンブランド(当時はイタ・カジことイタリアン・カジュアルがブーム)の店などを遠目に覗《のぞ》く時は、おおいにわくわくしたものでしたっけ。

　その「西武」というブランドと、糸井重里さんによるわけのわからないコピーのマッチングによって、私はそれこそ「なんとなく、洒落《しゃれ》てる!」と、うっとりしていたのです。「不思議」とか「おいしい」とか言われても、西武という百貨店の具体的な姿は全くわからない。しかし具体性が皆無で、雰囲気だけを伝えるという広告手法こそが当時の最先端だったのであり、私はその手法にすっかりやられた十代でありました。

そんな世の中でしたから、フジテレビが「楽しくなければテレビじゃない」と宣言した時、若者達に圧倒的に受け入れられる土壌は整っていたと言っていいのでしょう。その路線の中でスタートしたのが、「オレたちひょうきん族」であり、「笑っていいとも！」。

中でも私が、フジテレビの軽チャー路線といってまず思い出すのは、「ひょうきん族」です。漫才ブームに乗って登場したこの番組は、ビートたけし他、人気のお笑い芸人を総動員して、大人気番組に。そしてドリフの「8時だョ！全員集合」は、「ひょうきん族」に引導をわたされるような形で、一九八五年に終了したのです。

「全員集合」は、私が小学生当時は、大人達からは評判の悪い番組でした。単なるドタバタ、くだらない、子供が真似をするではないか、と。

しかし「ひょうきん族」は、「全員集合」どころではないくだらなさを、前面に押し出しました。「全員集合」ではまだ、歯を磨けだの何だのと、教育的配慮もなされていたのに対して、「ひょうきん族」はその手の気配も一切なし。

「ひょうきん族」はまた、テレビの世界に新しい動きをもたらしました。たとえばそれは、女子アナのタレント化。「ひょうきんアナウンサー」という肩書きで、山村美《やまむらみ》智《ち》アナが毎週登場。女性アナウンサーは、ただニュースを読むだけの人ではなく、明るくて笑いがとれて人気もある、という存在になっていき、後の女子アナブームにつながります。

女性アナウンサーというのは、本来であれば会社員であり、芸能人ではありません。その素人っぽさがテレビの世界で新鮮であることを発見したのは、フジテレビ。そしてフジテレビはその後も、女子大生や女子高生といった素人の魅力をテレビの中で引き出していくことに成功するのですが、その件に関してはまた別の機会に記すことにいたしましょう。

そしてもう一つ。〝内輪受け〟の世界を外に出すというのも、フジテレビが編み出した手法と思われます。「ひょうきん族」には、番組のディレクターなど、制作サイドの人達が毎回のように登場していました。我々視聴者は、そんな人達の姿を見ることによって、テレビ業界や芸能界の内側を覗いているかのような気分になったものです。

このようなフジテレビ的手法は、それまでは天と地ほどに離れていた芸能界と一般社会を、近づける役割を果たしました。特別な人だけが入ることのできる憧れの世界が、少しカジュアル化し、一般化してきたのです。

田中康夫さんは、クリスタルな女子大生の世界を。糸井重里さんは、クリエイティブな広告業界を。そしてフジテレビは、皆からちやほやされそうな女子アナの世界や、芸能界を。……我々より少し上の世代である軽チャーの担い手達は、そんな世界を私達ティーンに見せつけたのであり、我々は簡単に「キャーッ」となりました。

上の世代と我々世代は、同じように軽さを享受していましたが、両者の間には大きな違いがあります。彼等は、時代を変えるほどの軽さを創造した世代であるのに対して、我々は単に軽さに乗っかって、

「楽しい！」

とはしゃいでいた世代。

たとえば糸井重里さんは全共闘世代であり、実際に学生運動に参加した人です。そんな体験を経た結果、思うところがあって「軽さ」にたどり着いたのでしょう。田中康夫さんの場合は、学生運動っぽいダサさに対して、「そんな人はボクの周りにいないしー」と思って、『なんクリ』を書いた。七〇年代の政治の季節を、彼等は知って

いるのです。

対して我々は、政治の季節にはまだ子供で、全く記憶に無い。物心ついてから世の中はずっと軽くあり続け、思春期になったらさらに軽さは倍増。

そうしてティーンの我々は、

「もしかすると、自分もあちら側に行けるのではないか」

と思ってしまうという、恥ずかしい誤解をしてしまいました。ちょっとした幸運さえあれば、きらめく世界に自分も入っていけそうに見えたのです。

八〇年代にきらめいて見えた世界は、ざっくりとまとめて「業界」と呼ばれていました。夜の西麻布《にしあざぶ》のカフェバー（当時流行っていた業態）には、何やら恰好《かっこう》いい業界にいそうなＹＭＯみたいな人がうようよしているっていうじゃないの。……などと夢想しながら、私は学校帰りのハイソックス姿で、誰でも入ることができる渋谷の西武デパートを、うろうろと歩いていたのです。おいしい生活って、果たしてどんな生活なのかしらね、と思いつつ……。

女子大生ととんねるず

フジテレビの凋落《ちょうらく》が目に付く、昨今。その視聴率の低迷ぶりや、「俳優が月9に出たがらない」といった話を耳にする時、人知れず寂寞《せきばく》を感じているのが、我々世代です。

八〇年代に軽チャー路線となってからは、まさに飛ぶ鳥を落とす勢いとなった、フジテレビ。ドラマもバラエティも、フジの番組というと面白そうな気がしましたし、女子アナブームと言われた頃は、何だかんだ言ってもフジの女子アナが最も高いブランド力を持っていたものです。

しかし二〇一〇年代に入ると、フジ不調、というニュースが聞こえてくるように。今の若者達からしたら、フジテレビの視聴率が下がっていることがなぜ話題になっているのかわからないかもしれませんが、我々世代の胸には、

「祇園《ぎおん》精舎の鐘の声」

と、『平家物語』の冒頭フレーズが去来しました。驕《おご》れるフジも久しからず、ただ春の夜の夢の如し、と……。

嗚呼《ああ》、フジテレビがギンギンに調子が良かった頃、誰が今日のような事態を想像したでしょう。今や、フジの女子アナを見ても「誰？」という感じ。盛者は必ず衰えると言うけれど、まさかあのフジテレビがこうなるとは。

様々な工夫をしているようではあるものの、苦境を脱する気配は無いフジテレビの様子を見て我々は、「一つの時代が終わった」と思っています。それは、我々の人生における春や夏が完全に終わった、という感覚ともリンクしているわけで、バブル世代の人生の華やかなりし頃は、フジテレビと共に歩んだと言っていいのではないか。

自分を含め、子供達が「8時だョ！全員集合」から「オレたちひょうきん族」へと乗り換えたことが一つの時代の転換期だったことは、前回も記しました。その後も、フジテレビは若者の心を捉《とら》える番組を作り続けます。子供や若者を摑《つか》んでおけばそのロイヤルティは長く続く、と踏んだのは、フジの慧眼《けいがん》。我々はまさに、若く柔らかな心をフジテレビにがっちり摑まれつつ、大人になりました。

たとえば私の高校生時代は、土曜の深夜に放送されていた「オールナイトフジ」を楽しみにしていたものです。この番組は、ずらりと並んだ女子大生達が売りのバラエティ番組でした。

　ドロドロした芸能界にひょっこりと顔を出してきた女子大生という素人さんは、当時とても新鮮に見えたものです。

　いかにも素人っぽい口調で、

「〇〇大学二年、×××子です！」

などと自己紹介する女子大生は、さほど可愛くなくとも、「〇〇大学」とか「△△女子大」といった肩書きによって、二割増しに見えました。テレビ業界にとって「女子大生」は、目新しいブランドだったのです。

　当時は、女子大生ブームと言われる状況。

「ＪＪ」「ＣａｎＣａｍ」といった雑誌では、女子大生の読者モデルが、自らのライフスタイルを披露していました。また文化放送では、「オールナイトフジ」にさきがけて「ミスＤＪリクエストパレード」という、女子大生がＤＪを務める番組が放送されていました。青山《あおやま》学院大の学生だった川島《かわしま》なお美《み》さんも、この番組のＤＪだったのです。

　二〇一六年には、なんとその番組が復活。かつて成城《せいじょう》大生のＤＪだった千倉真理《ちくらまり》さんが、五十代になって再びＤＪを務めています。青春回帰欲求を持つのはどの世代でも同じかと思いますが、ミスＤＪの復活という事態に、女子大生という存在に対するこの世代の思い入れの強さを感じずにはいられません。

当時、女子大生はなぜ、ブームになったのでしょう。大学全入時代の今とは違い、当時はまだ、女子大生がまあまあ貴重でした。「オールナイトフジ」が始まった昭和五十八年（一九八三）の、女子の四年制大学進学率は、十二・二パーセント。当時は二十パーセントほどが短大へ進学する時代であり、短大生を含めれば三割超ほどが「女子大生」の肩書きを名乗ることができました。今は五十パーセント近い女子が四年制大学へ進学することを考えると、当時の「女子大生」の肩書きは今よりも少し、レアだったのです。

かといって、さらに大昔のように特殊に教育熱心な家庭の女子だけが大学に行った、というわけでもありません。女子大生がグッとカジュアル化し、『なんクリ』でも示された通り、性的にも積極的ということが自明に。勉学にも仕事にも縛られず、遊びとファッションと恋愛にうつつを抜かす。……という、従来にはみられなかった人種が、「女子大生」「○○大学二年」といった明確な所属先を持ちつつも奔放なライフスタイルを楽しむというギャップが、世の男性のハートを摑んだのだと思います。

女子大生ブームの頃、私は女子高生でした。男性のみならず女子高生にとっても、女子大生は魅力的な存在に見えたもの。もし短大に進んだら、あの楽しそうな生活が二年で終わってしまう。絶対に四大に進んでやる……と、推薦を手に入れるべく、クソ意地を出して勉強したものでしたっけ。

「オールナイトフジ」では、女子大生達が、当時人気が急上昇中だったとんねるずの二人にいじられたりして、キャーキャー言っていました。それを見ていた高校生の私は、「女子大生になって、キャーキャー言ったりモテたりしたい！」という一念を、さらにたぎらせたものです。津田《つだ》梅子《うめこ》とかが見たら泣くよ、とは全く思わずに。

「オールナイトフジ」に出ている女子大生達は、「オールナイターズ」と呼ばれていました。必ずしも容姿端麗な人ばかりではなかったのですが、その中でも面白い子やちょっと可愛い子には目立つポジションが与えられ、メンバーの出入りも激しかった。

今思えばそれは、ＡＫＢ48的な大人数アイドルの原型でした。「オールナイトフジ」の構成スタッフには秋元康《あきもとやすし》さんがいたのであり、「素人っぽい玉石混淆《こんこう》の女の子達の中から〝玉〟を浮上させ、そして玉も石も次々に入れ替える」というシステムは、この頃に築かれたことになる。

その後、なんとか大学入学を決めることができた私。しかしその時、フジテレビは時代を変えようとしていました。私が「四月から女子大生！」と思いつつ過ごしていた一九八五年の二月の夕方に、突然「オールナイトフジ女子高生スペシャル」というものが放送されたのです。

これは、「オールナイトフジ」の女子高生バージョン、という位置づけの番組でした。自分と同じ女子高生が登場するということで食い入るようにこの番組を見つつ、私は何とはなしに嫌な予感を覚えたものです。「私がせっかく女子大生になろうとしているにもかかわらず、もしかして世は女子高生の時代に突入しようとしているんじゃないの？」と。

予感は的中。その番組はやがて「夕やけニャンニャン」となり、登場する女子高生は「おニャン子クラブ」として大人気になります。私が女子大生になった途端に、世は女子高生ブームとなったのです。同じ「肩書きつき」なら若い方がよい、ということなのでしょう。

おニャン子クラブは、オールナイターズ以上の人気者となりました。国生《こくしょう》さゆりさんや渡辺《わたなべ》満里奈《まりな》さん等、今なお活躍する人も少なくないのがその証左と言えましょう。

彼女達には、会員番号がついていました。

「会員番号四番、新田《にった》恵利《えり》です！」

などと自己紹介をすることによって、〝所属感〟がアップ。団体に所属している普通の女の子、という位置づけによって、従来のアイドルには無い〝半素人〟感が強調されました。そして会員番号十六番は後に秋元康さんと結婚する高井《たかい》麻巳子《まみこ》さんだった、と。

「夕やけニャンニャン」には、とんねるずも出演していました。当時の彼等は、二十代半ば。人気は絶頂期を迎えており、テレビの画面から飛び出してきそうな勢いを持っていました。

オールナイターズにとってもそうでしたが、おニャン子クラブにとっても、とんねるずというのは、やんちゃで面白くて恰好《かっこう》いいお兄さん、といった存在。「タカさん」「ノリさん」と、呼ばれていました。

我々視聴者も、とんねるずを直接知っているわけではないけれど、心の中では「タカさん」「ノリさん」と彼等を呼んでいたものです。私はオールナイターズとおニャン子クラブの中間くらいの世代ですが、その辺りの世代にとってとんねるずは、「テレビの中のお兄さん」だったのです。我々世代のテレビ観は、とんねるずおよびその背後に存在している秋元康さんによって形成されていると言っていいのでしょう。

そして気がつけば爾来《じらい》三十年、我々はとんねるずを見続けながら、生きてきました。「ねるとん紅鯨団」や「みなさんのおかげです」で笑いつつ、自身もまた社会人となり、「とんねるずはやっぱり美人と結婚するのだなぁ」などと思いながら自分もまた家族を持ったり持たなかったりし、お正月は「スポーツ王は俺だ!!」を見て「タカさんノリさん、やっぱりすごいな」と思い……と、テレビ界のお兄さんを眺めていたら、いつの間にかとんねるずは五十代になっていて、自分達もとっぷり中年になっていた。

とんねるずは、運動部における「先輩感」を前面に押し出すことによって、スターとなりました。実際、帝京高校時代は二人とも運動部で、運動神経が良いことでも知られています。後輩キャラの芸人さん等と一緒にいる時は、生き生きとキレのあるいじり方をするのに対して、自分達よりも上の先輩に対してはやや萎縮《いしゅく》気味、というのもそれっぽい。女の子の扱い方も、女子マネをいじるかのようです。

我々視聴者は、とんねるずの疑似後輩でした。初期のとんねるずは、しばしばスタジオで暴れまわったりしていたのですが、スタジオで観覧している若者がとばっちりを受けて蹴《け》られたりすると、嫌がるどころかむしろ、

「うぇーい!」

とガッツポーズで喜んでいたのは、まさにとんねるずが「先輩」だったから。後輩達は、大好きな先輩に体育会的な、そして相撲部屋的な「かわいがり」を受けることが、嬉《うれ》しくてたまらなかったのです。

我々世代は、そんな後輩気分を抱いたままで大人になりました。いつでも先輩がその場を盛り上げてくれるので、私達は「うぇーい！」と声をあげながらついていけばよかった。

先輩感の強い人々というのは、えてしてヤンキー感も強いものです。そしてヤンキー系の人達は自分の周囲を疑似ファミリーで固めるものであり、その空気を察知して、年下の者達は「ついていくっす」ということになる。

今となっては「お洒落《しゃれ》な大人」に見えるとんねるずも、若い頃はヤンキー感がむんむんでした。我々世代の大物芸人には、爆笑問題《ばくしょうもんだい》やウッチャンナンチャン、今田《いまだ》耕司《こうじ》に東野幸治《ひがしのこうじ》……といったところがいるわけですが、同世代の芸人さんへのシンパシイよりも、上の世代の人達への忠誠心の方が、我々にとっては大切だったのです。

楽しい先輩が大好きで、ずっとついていったら、いつの間にか中年に。そして気がつけば「永遠の後輩」として生きてきたが故に、自らを慕ってついてくる後輩は、多くない。……我々の立ち位置は、そんなところです。社会においても、いつまでもとんねるず世代の後を延々と追いかけている我々よりも、とんねるず世代の影響が届かないところで自分達が新たな「先輩」と化した、我々より年下の世代の方が、ずっと頼もしかったりするのでした。

常に我々の視線の先にいたとんねるずの人気は今、全盛期ほどではありません。一時は各局にレギュラー番組を持っていた感がありますが、今（二〇一七年三月当時）はフジテレビの「みなさんのおかげでした」のみ。

「オレたちひょうきん族」では、ディレクターなどのスタッフが画面に登場し、それが新しいとされたわけですが、「みなさんのおかげでした」では、今もその手法を踏襲しています。いわば最もフジテレビらしいバラエティ番組であるわけですが、だからこそ今となってはその手法は古い。フジテレビととんねるずの一心同体感がまた、不吉な予感を漂わせる……。

しかし我々後輩は、やっぱり「みなさんのおかげでした」を、見てしまうのです。ディレクターが登場したりする昭和臭ごと、郷愁として楽しんでいる。

売れてきた後輩芸人に、とんねるずが時計や車など高級なものを無理矢理買わせるなど、今でも体育会的かわいがり企画を続けているこの番組。また番組にメールを出した視聴者の家を突然訪問して驚かせる、という企画もこの番組にはありますが、訪問されるのはいつも後輩世代。そして市井の後輩達はいつも、「憧《あこが》れの先輩達が来てくれたなんて！」と、泣かんばかりに感動しているのです。

先輩、後輩の上下関係で笑いをとる手法は、今となってはポリティカル・コレクトネス的にいかがなものか、とも見られているのであり、若者からしたらどこがおかしいのか全くわからないかもしれません。しかし我々は、この番組を見る時だけ、後輩気分を堪能することができるのでした。既に社会では中枢もしくはそれ以上の立場に立たなくてはならず、家庭でもどっしり構えていなくてはならない、我々世代。しかし心根の部分ではずっと、「先輩に頼りたい」という気持ちを持ち続けているから、とんねるずの番組を見ずにはいられない。

「勘弁してくださいよタカさーん」

「ノリさんひどいよー」

と言いつつとんねるずにいじられる芸人さんに自らを重ね、つかの間の休息を味わう我々を、嗤《わら》わば嗤え……。

ついでに言うなら私は、年明けにBSフジで放送されている「木梨《きなし》目線！」という番組も、毎年見てしまう者なのでした。これは、ノリさんがハワイを旅しつつ紹介するという番組。バブル世代らしくハワイが大好きな私、お正月にハワイには行けないけれど、この番組を見て気分だけは味わうのです。

フジテレビ、そしてとんねるずは、いつまでその命脈を保つのでしょうか。かつてフジテレビが醸し出していた、キラキラした空気感。どれほど手を伸ばそうと決してそこに届くことが無いと思っていた我々は、フジテレビに対して愛憎半ばする感覚を持っています。その凋落に対して寂しさも感じれば、ニヤニヤしながら眺めている部分もある。

しかし、とんねるず。「永遠の先輩」が弱っていく姿は、見たくありません。後輩や素人に対する彼等の「かわいがり」芸は、今となっては安定の予定調和をもたらす古典芸能の域に入っていますが、だとしたら古典としてでも、生き残ってほしい。常に前に立っていた「先輩」が消える時、それは「後輩」の存在意義が消える時でもあるのですから。

〈追記〉「とんねるずのみなさんのおかげでした」は、二〇一八年に放送終了。

「いつまでも若く」の呪縛

「オールナイトフジ」が生み出した女子大生ブーム、そして「夕やけニャンニャン」が生み出した、女子高生ブーム。その辺りのブームに乗っていた人達が、いわゆるバブル世代を形成しているわけですが、では彼女達は今、どうしているのでしょうか。かくいう私もその世代の一員であるわけですが、私達はその後、常にある種の道化役として、生き続けているように思います。

ブームの中で女子大生として、もしくは女子高生としてチヤホヤされたり、されたかったりした我々の若い頃は、「女は若ければ若いほど良い」という価値観が深まった時代でした。私達は、後々その価値観がやがて自分の首を絞めることを知らずに、

「皆が若さを賞賛してくれる！　若いって、偉いってことなんだ！」

と、調子に乗っていたのです。

私が中学生の頃まで、「若さ」はさほど自慢できるものではありませんでした。若

さとはすなわち、未熟さ。大人から管理される対象であり、若者は管理から逃れようと、必死にもがいていました。

「3年B組金八先生」の第一シリーズが放送されたのは、昭和五十四年（一九七九）のことです。ツッパリ（今で言うヤンキー）が跋扈《ばっこ》し、女子生徒が妊娠したり受験戦争で荒れる生徒がいたりと、様々な問題が発生する公立中学校を舞台とするこのドラマ。武田《たけだ》鉄矢《てつや》演じる熱血先生が、泣いたり笑ったり怒ったりして、生徒達と向き合っていました。

中学生だった私もこのドラマを毎回見ていたのですが、この時代の中学生達は、決して自分の若さをウリにしようとはしていませんでした。むしろ「早く大人になりたい」と背伸びをして、

「へえ、中学生には見えないね！」

と言われることが、誇らしかったのです。

たとえば「金八先生」に生徒役で出演していた三原《みはら》じゅん子《こ》・現参議院議員は、ツッパリ少女として、とても中学生とは思えない存在感と色気を醸し出していたものでした。当時のツッパリ少女すなわちズベ公達は、スカートを長く伸ばし、髪にはグルグルパーマをかけるという、今にして思うとおばさんにしか見えないスタイルで「反

抗」の姿勢を示していたのです。

しかしその後、時代は変わりました。大人に反抗なんぞしたところで、ますます管理が強まるだけで何ら良いことは無い。むしろ大人は我々の「若さ」が大好きなのだからして、彼等に若さを見せつけてやった方が、楽しく生きていくことができるのではないか。

……ということで、女子高生達がスカートを短くし始めたのが、我々が高校生だった時代、すなわち一九八〇年代です。私も、中学生時代までは、ツッパリではなかったものの「大人っぽく見られたい」と、大学生のお姉さん達を見習ってサーファーファッションの真似事などしていましたが、高校生になってハタと、

「若さを売らなきゃ損！　大人っぽく見られてる場合じゃない！」

と開眼。チェックのスカートをウエスト部分でパンツが見えないギリギリまで折り、ハイソックスを着用して、

「私、女子高生なんです。世界で一番偉いんです！」

とばかりに、渋谷を練り歩いたものでした。

このように私達は、「若さは、売れる」ということに気づいた最初の世代だったのです。

短くしたチェックのスカートからハイソックスまでの生脚は、水戸黄門の印籠《いんろう》のようなもの。真冬であろうとフトモモを真っ赤にさせながら、生脚をさらしていましたっけ。

さらに私は、たまたまその頃にエッセイを書く仕事を開始。女子高生の生態だのファッションだのについて書くと大人が喜ぶのだな、ということを知って、そちらの方面でもせっせと若さを売っていました。私の初期の原稿というのは、コギャルブームの頃の女子高生がブルマーを売るのと同じ動機から書かれたものと言えましょう。

自分は若いから偉い、と思っていた私達は、ディスコに女子大生がいても「おばさんじゃん」という感覚。三十代以上の人については視界にすら入らず、「そういう人も人間なんだ」くらいに思っていました。

しかしそんな私達も、年はとります。大学生ともなれば、「あれは若者が行くところ」とディスコからも引退。そうこうしているうちにバブルの時代がやってきて、世の中が盛り上がっているのに乗じてちゃっかり社会人となり、キャーキャーする日々を過ごす。

私達は、何となくそのまま、中年となりました。バブルはほどなくして崩壊したわけですが、株や不動産を持っていたわけでもなく、崩壊の深刻さにも今ひとつ気づかずに、日々を過ごしていた。

我々がバブル崩壊後も常に世間様から期待されているのは、「消費の牽引《けんいん》役」としての働きです。バブルの時代、日本人は物をばんばん買いました。飛行機はファーストクラスから埋まるとされ、ブランド品、宝飾品、車や時計といったものも売れまくる。中国の人々が日本で爆買いをするように、日本人は欧米で買い物をしまくり、パリやロンドンの人の眉《まゆ》をひそめさせていたのです。

消費癖がつき、消費の快楽を知っている私達は、景気が悪くなっても消費癖を持ち続けました。ユニクロも買うけれど、

「とはいえやっぱり、良いものは長く持ち続けられるし」

と、ブランド物を買うことにも躊躇《ちゅうちょ》しない。そんなわけで、失われた十年とか二十年とか言われている間であっても、我々世代の、特に女性だけは物を買い続けていたのであり、世間様もそれに期待して、我々向けの商品を開発し続けていた。

そんな姿勢が若者からは揶揄《やゆ》の対象となっていることも、私達は気づいております。

たとえば、西麻布で食事をした後、

「お茶でもする？　天現寺《てんげんじ》に知ってるカフェがあるけど」

などとタクシーに乗ろうとすると、若者は目を丸くして、

「バブルって感じですね〜っ」

と言う。

彼等にとっては、まず西麻布というどこの駅からも遠い場所で食事をすること自体が、信じられないのです。いや私も、今となっては渋谷からバスに乗って西麻布に行ったりするわけだけれど、でも駅から遠くても美味《おい》しい店があるなら行きたいじゃないの、というのがまさにバブル世代の思考。

「別にそんな所にわざわざ行かなくったって、家の近くにもそこそこ美味しい店はありますし」

ということなのだそう。

で、駅から遠い西麻布で食事をした後に、やはり駅から遠い天現寺までタクシーで移動するというのが、バブル行為の真骨頂、だとのこと。

「コンビニのコーヒーを買って、うちで飲めばいいじゃないですか」

とは若者の弁ですが、いやまあでも、雰囲気ってものもあるしね……と、マリー・アントワネットっぷりを指摘されたような気分になって、へどもど。

このように若者と一緒にいると、ちょっとした消費行為の度に、

「バブルって感じですね〜っ」

と言われることがあるわけですが、我々はこれをどう捉《とら》えたらよいのでしょうか。

私はこの言葉を揶揄として捉えるわけですが、若者は、

「いやいや、私達はバブルって全く知らないので、憧《あこが》れを込めて『バブルって感じですね』って言ってるんです。話を聞いてると羨《うらや》ましいですもん。楽しそうで」

ということなのですが、おそらくそれは思いやりからくる言葉なのでしょう。「何も考えないでお金を使っちゃうのだなぁ、この人達は」と、内心では思っているのではないか。……と、恥ずかしい気持ちに。

次第に、

「バブルって感じですね〜っ」

と言われることにも、慣れてきた私。次第に、

「よく見ておけ、これがバブルってもんだ！」

という気分をもって、バブルっぷりを堂々と発揮するようになってきました。我々が消費の愉楽を下の世代に伝えないでいたら、我が国の内需はどうなる。お国の為に、我々は買い続けなくてはならんのだ！……と、単なる消費癖を、愛国心にすり替えたりもしているのです。

同世代の友人は、東日本大震災の時も、世に自粛ムードが蔓延《まんえん》する中で、

「こういう時こそ、普段は予約が困難な人気店が空いている」

と、美食活動に拍車をかけていました。

「だって、私みたいな者が被災地に駆けつけて少しばかりの土砂をかき出すよりも、お金を使って景気を回す方が、よっぽど世の役に立つと思うの」

と、消費の自粛もする気配無し。「それもそうだ」と思った私も、ついつられて新宿伊勢丹へ……。

世間から期待されている「消費の牽引役」を、このように見事に担い続けている私達なのですが、我々にはさらにもう一つ、自主的に課している役割があるのでした。それは他でもありません、「いつまでも若くいる」というもの。

消費の牽引役とは違い、我々世代に対して、「ずっと若くあり続けてほしい」と期待している人は、他の世代にはいません。「存分に老けていただいて構いませんが」と他の世代から思われているにもかかわらず、我々は自主的に「若くあり続けなくては」と思い込んでいる。

もちろん、思い込んでいるからといって若くあり続けられるものでもありません。が、少なくとも精神だけは、「若くあり続けなくては」というプレッシャーに、ずっと晒《さら》されているのです。

その理由は、前述の通り、我々がティーンだった頃に、「若い＝偉い」という価値観がきっちりと刷り込まれたからなのでしょう。女子大生のことを「おばさん」と思っていたからこそ、自分達が年をとった時、そうやすやすとおばさんと化すわけにはいかなかったのです。

平均寿命の延びも、関係しているように思います。戦後すぐの時代、日本人の平均寿命は、男女共に五十代前半でした。まさに「人生五十年」だったのです。女性は、若者時代が終わって結婚して母親になったならばさっさとおばさんになり、そしてさっさとおばあさんになって、死んでいった。

しかしそれから、平均寿命は飛躍的に延びていきました。女性に限って見てみると、一九五〇年には六十代、一九六〇年には七十代を突破。一九八〇年代には八十代となり、今は八十七歳に。女性は八十五歳で死んだとしても、

「まだお若いのに」

と言われてしまうのです。

「人生五十年」の時代と比べると、三十五歳以上寿命が延びた、日本女性。昔の人のように三十代でおばさん化してしまったら、残りの五十余年を、おばさん・おばあさんとしてのみ過ごさなくてはならないのであり、それはあまりにも長すぎる。平均寿

命を考えても、我々は若さをキープしなくては間が持たないようになりました。若さへの渇望とともに、先ほども書いたように、我々は汲《く》めど尽きせぬ消費意欲をも持っています。「若くありたい、そのためにはお金は惜しまない」という我々が年をとるにつれて、女性誌業界では新しいタイプの女性誌を創刊するようになってきました。

　かつては、独身の若い女性向けの雑誌か、主婦向けの雑誌しかなかった、女性誌業界。しかし我々が年をとるのに合わせて、「年はくっているが気分は若い」という女性向けの雑誌への需要が高まったのであり、従来の主婦向け雑誌ではその需要に応《こた》えられなくなってきたわけです。

　たとえば、三十代女性向けのファッション誌「ＶＥＲＹ」が創刊されたのは、一九九五年、すなわち私が二十九歳の頃。この雑誌は、かつて「ＪＪ」や「ＣａｎＣａｍ」に読者モデルとして登場していたような世代をターゲットにしています。

　人生五十年とか六十年時代の三十代女性と言えば、既に子供を何人か産み、髪を振り乱して糠味噌《ぬかみそ》をかき混ぜる、といった生活だったのでしょう。しかし私の頃の三十代は、子供どころか結婚すらしていない人も多く、また結婚したからといって、女としての現役感を捨てる人も消滅しました。独身であろうと既婚であろうと、三十代女性はお洒落《しゃれ》やモテを貪欲に求めるようになったのです。

三十代で女として現役であることが当たり前になってくると、次は私が三十六歳になった二〇〇二年に、四十代現役女性向けの「STORY」が創刊されました。世の中は不景気の只中《ただなか》だというのに、我々世代だけは元気に買い物をしまくっていたその頃。「STORY」でも、ディスコ復活の狼煙《のろし》を上げてみたり同窓会モテファッションを研究したりと、その世界だけはバブルが許される治外法権と化したのです。

そして「STORY」から派生した「美STORY」(現在は「美ST」に改称)という雑誌が開発した言葉こそが、「美魔女」。いくつになっても美しさが衰えない魔女のような女性、ということなのでしょう。二〇一〇年には、同誌が「国民的美魔女コンテスト」を開催し、美魔女ブーム的な様相を呈するようになります。

これぞ、我々世代。かつてオールナイターズやおニャン子クラブを目指したかもしれない女性達は、四十代になってまた、国民的美魔女コンテストにおいて角突き合わせることとなったのです。

美魔女ブームが行くところまで行くと、同誌では読者のヌードを掲載。また、人気読者モデルだった女性が、

「冨田《とみた》リカさん・48歳　私らしい裸」

として脱いだりもしていました。彼女はその後、萩原健一《はぎわらけんいち》さん（二〇一九年に他界）と結婚するのであり、アラフィフにして、美もモテもしっかり手中にしたのです。

昔であればそろそろ死に支度、という頃にヌードを披露するようになった我々世代。果たしてその末路はどうなるのか……？

〈追記〉不景気にも震災にもめげなかった我々の消費意欲は、令和二年（二〇二〇）に始まった新型コロナウィルス騒動でがくっとダウン。コロナ後に意欲が復活するか否かが、注目される。

「聖子死ね」からの脱却

美魔女（笑）世代の我々。美魔女ブーム華やかなりし頃、友人と食事をしていると、彼女が突然、

「ねぇ、私って美魔女？」

と、口裂け女（知らない方に注・我々が子供の頃に流行《はや》った都市伝説。「私ってきれい？」が口癖）ばりに言いだしました。どうやら彼女は、美魔女に憧《あこが》れている模様。

「美魔女ってやつになりたいのよ〜っ」

と彼女が叫びだしたので、

「恥ずかしいからお願い、静かにして！」

と頼んだものでしたっけ。

美魔女ブームとは言っても、ヌードになれるほどの美魔女はほんの一握り。自分の友人知人を見ても、それなりに小綺麗《こぎれい》ではあるけれど、中年は中年なのであり、どう

頑張っても二十代に見えることはありません。どこかに存在しているらしい美魔女という生き物の幻影に、我々は憧れるような怯《おび》えるような気分を抱いていたものです。ブームと言えるほど美魔女の数は多くはなかった、というのが私の実感ですが、しかし「若くあらねばならぬ」といった命題のようなものを勝手に抱えているのが、我々の世代です。同時に我々は偏差値世代でもありますので、「努力すればどうにかなる」という感覚も持っている。意識高い系の中年は、努力で髪の艶《つや》や体型をキープし、若い頃に効果的だった巻き髪や、身体にフィットした服を今も着続けたりしているのです。

が、しかし。いかんせん、うっすらと全身を覆う錆《さ》び感のようなものは、消すことができません。中年が「私ってイケてる」と思えば思うほど、周囲には、

「イタい……」

と思わせているものです。

この「イタい」という言葉は、我々世代が中年になるにつれて人口に膾炙《かいしゃ》してきたものではないでしょうか。我々が「若くありたい」と思うあまり若い恰好《かっこう》や若い言動をしてしまうと、周囲が「イタタタ……」と思うわけですが、「イタみ」を感じるのは、実は我々ではありません。客観性を放棄した我々は美魔女気分を楽しんでいるだ

けですが、それを見ている側の方がつらいのだ、ということに我々は気づかなかった。

周囲にイタみを振りまきながらも、我々が若い子ぶりっ子をしているのは何故かというと、前回も記した通りに「人生が長すぎるから」なのです。女の人生九十年時代となった今、早くから老けてしまっていてはつまらないし間が持たない、と。

かつては「人生五十年」だったのが「人生九十年」になった今。一・八倍にも人生が延びたことによって、女の生き方も変わってきました。五十年分の人生というゴムひもを一・八倍にびよーんと伸ばすことによって、「若く見られなくてはならない時代」も延びてしまったのです。

それだけではありません。人生五十年時代の女性は、下手をしたら閉経を迎える前に死んでいたわけですが、今は閉経後、何十年も生きなくてはならないことに。人生ゴムひもを伸ばしたことによって、「モテていなくてはならない時代」「セックスし続けなくてはならない時代」も延び、それは閉経後も続くことになりました。

「セックスレス」という問題は、そのせいで浮上したのではないかと私は思います。人生五十年であれば、子供を産んでばたばた育て、孫が生まれたくらいの頃に人は死んでいた。たまたま長生きしても、夫はたいてい先に死んでいたので、セックスがレスでも納得できたのです。

対して今、特に離婚する理由がなければ、結婚生活は延々と続いてしまいます。とはいえ男女の仲において、新鮮味はそう長続きしないわけで、同じ相手と何十年もし続けることができる人は少ない。セックスレスの日々は、人生が延びた分だけ、延びることになりました。

雑誌などで盛んにセックスレスの問題が取り上げられるようになってからは、人々の間で「セックスしてない人は負けなのか？」といった気分が募るようになりました。四十代にもなると「私、もう一生セックスをしないのかしら」と思うようになり、セックス難民が大量発生。人生五十年時代ならば「とはいえもうすぐ、人生終わりだし」と思えたのでしょうが、今は「あと五十年、セックスせずに生きるのか……」という気分が募るのです。

かくして女性達は、いつまでも異性にとって魅力的な自分であらねばならない、と思うようになりました。夫とセックスしなくなるのは仕方がないにしても、別の人とセックスをするためにはモテなくてはならないではないの、と。

「国民的美魔女コンテスト」が初めて開催され、美魔女ブームと言われたのは二〇一〇年のことでしたが、この年には「同窓会〜ラブ・アゲイン症候群」、「セカンドバージン」といったドラマが話題となりました。両方とも、長らく色恋から遠ざかっていた中年女性が、ふとしたことから再び欲求に点火、という意味での「アゲイン」であり「セカンド」。世の中年女性達は、黒木瞳《くろきひとみ》や鈴木《すずき》京香《きょうか》の色恋姿に、自らを投影したのです。

　このように、「いつまでもモテていたい」「いつまでもセックスしなくてはいけないのではなかろうか」という思いを抱き続けている、我々世代。そんな思いが満たされる機会は滅多なことではやってこないのだけれど、しかしあの人は常に充足していそう。……と私達が仰ぎ見がちな女性がいて、それが松田《まつだ》聖子《せいこ》さんです。

　若い人たちにとって松田聖子とは、「たまに紅白とかに出てくる大人の歌手。神田《かんだ》沙也加《さやか》の母」という認識かと思いますが、彼女は私達世代の青春時代の一大アイドルでした。一九八〇年に「裸足の季節」でデビューした彼女は、八〇年代を代表するアイドルと言っていいでしょう。

　彼女は、とても歌が上手でした。松本隆《まつもとたかし》、松任谷《まつとうや》由実《ゆみ》（呉田《くれた》軽穂《かるほ》名義）、細野《ほその》晴臣《はるおみ》、財津《ざいつ》和夫《かずお》……と、錚々《そうそう》たる才能が彼女に楽曲を提供し、歌唱力と楽曲レベルの高さが相乗効果をもたらし、時代を支配することに。
のみならず彼女は、恋愛面でも華やかな経歴を持っています。独身時代は、郷《ごう》ひろみとの恋愛&破局。ほどなくして神田正輝《まさき》と結婚し出産、そして離婚。アメリカ進出は成功とは言えなかったものの、アメリカ人二人くらいとの恋愛がすったもんだ、一人には暴露本も書かれます。さらには歯医者さんと「ビビビときて」結婚&離婚。そして今の夫と結婚。……と、結婚だけでも三回しているという、結婚長者。

　アイドル時代、彼女は女性からはあまり好かれていませんでした。やれぶりっ子だの、やれトシちゃん（田《た》原《はら》俊彦《としひこ》というジャニーズアイドル）といちゃついただのと、ブーブー言われていたのです。

　その後も、「郷ひろみと別れてすぐに結婚するなんて」とか、「神田正輝と結婚していた頃からアメリカ人と付き合っていたんじゃないか」等々、事あるごとにバッシングされていました。言うなれば彼女は、「女に好かれない女」だったのです。

　しかしそんな立ち位置は、彼女が中年になった頃から、変わってきました。かつては女に好かれない女であったのが、次第に「女に憧れられる女」になってきたのです。

　その昔は、

「聖子死ね」

　と、カミソリ入りの手紙をサンミュージックに送りつけていたような女性も、いつの間にやら「聖子ちゃん、素敵」と言い出すようになった。

　なぜその変化がおきたのかというと、「松田聖子は、自分の生きたいように生きているから」ということのようです。結婚をして子供を産んでも仕事は続け、結婚中も恋愛し、離婚してもまた結婚。外見もキープしているし歌も歌い続けている。……ということで、彼女は「すべてを持つ女」。

ひと昔前であれば、彼女は「わがまま」「ふしだら」と評価されたでしょう。しかし、女性にとっての貞淑、貞操という徳目は、七〇年代に消滅していました。「女性の社会進出」とか「自分らしく生きる」といった言葉がスポットライトを浴びるようになった時代、欲しいものはすべて手に入れるという松田聖子の生き方は、賞賛されるようになっていたのです。

考えてみますと、松田聖子は一九六二年生まれ。とんねるずの二人と同学年です。男子達はとんねるずのように「やりたいことをやる」生き方に憧れ、女子達は松田聖子のように「やりたいことをやる」生き方に憧れたのが、我々世代。聖子先輩、ずっと若くて可愛いよねぇ……と、私達は見果てぬ夢を聖子ちゃんに見ようとしている。

特に松田聖子ファンというわけではないのですが、私は二年に一度ほどの割合で、松田聖子コンサートへと足を運びます。八〇年代に若者時代を過ごした者であれば、ファンではなくても十二分に楽しむことができるのが、松田聖子コンサート。

彼女は、ファンが何を求めているかをよく知っています。皆があまり知らない新曲は早めに切り上げて、往年のヒット曲をたっぷり歌ってくれるのです。「青い珊瑚礁」のイントロなど流れてくれれば、懐かしさと共にアドレナリンがドクドクと分泌される感じに。

往年のヒット曲を歌う時は、衣装もぶりっ子風にしてくれる聖子ちゃん。もう、イタくても何でもいい。この空間には同世代しかいないのだし、思う存分ぶりっ子してーっ！……というわけで、かつては「聖子死ね」と思っていた人たちも、

「聖子ちゃーん！」

と、叫んでいるのでした。

松田聖子コンサートの来場者は、八割以上が女性です。アイドル時代は十割が男性だったであろうに、時代が彼女を「女に好かれる女」にしたのです。女性客の多くは、十年、二十年といったセックスレス歴を持っているものと思われますが、舞台の上で歌い、踊る聖子ちゃんを見れば、「私も聖子ちゃんのようにモテたりするかもしれない」と、夢を見ることができる。

我々世代の定番の愚痴は、「ロールモデルがいない」というものでした。均等法世代の我々は、社会に出ても「あんな風になりたい」という先輩女性は見つけづらかった。働く女性はいたものの、特殊なエリート、もしくは特殊な個性と行動力を持つ人

ばかり。ましてや、結婚も子供もやりがいのある仕事もそしてモテも……となると、皆無だったと言っていいでしょう。しばしば「ロールモデルがいない」ということを、「頑張れない」ことの言い訳にしていたものです。

私より一回り年上の松任谷由実さんも、憧れの女性として挙げられやすい方です。が、彼女の場合は、その時代のキャリア女性らしく子無し、そして離婚することなく初婚を貫いており、モテ感を撒《ま》き散らしているわけではありません。時代の流行をつくっていく手腕も持っており、雲の上の人という感覚がありました。

対して私より四歳上の聖子ちゃんは、ユーミンのようにセンスが良くて都会的というわけでもなく、ほどよい田舎感と安さが漂った分、手が届きそうなロールモデルとなったのではないでしょうか。彼女は、時代をリードしたりつくったりしたわけではなく、彼女自身はあくまで一素材。しかし与えられた歌を歌えばとても感動的ということで、その「有能な一般職ＯＬ」的な存在感もまた、女性達にとっては憧れやすいところです。

彼女がいつまでも人気者であり続ける最も大きな理由は、「自分のことしか考えていない」ところなのではないかと私は思います。人間誰しも、大人になると「他者のためになりたい」と考えるようになってくるもの。子供がいる人は子供のために一生懸命になり、子供がいない人でも、「他者のため」欲求を発散するために、ボランティア活動に精を出したりする。

しかし聖子ちゃんは、一貫して自分のことばかり考えています。いやもちろん、沙也加さんのことやら世の中のことも考えているとは思いますが、自分のことばかり考えているように「見える」のです。世界のセレブ達のように、地雷を除去してみたり貧しい国々の子供を救おうとしたりといった活動は、していない。いや、こっそりしているのかもしれないけれど、決してアピールはしません。

仕事においても、戦争反対の歌とか社会に問題提起をするような歌は歌わず、ラブソングに徹している。中島《なかじま》みゆきの歌は「プロジェクトX」のような社会派番組に、そしてユーミンの歌はジブリ映画に使用されますが、聖子ちゃんの曲が使われないのは、四十になっても五十になっても色恋の歌ばかりだから、なのではないか。

私達バブル世代は、だからこそ聖子ちゃんのことが好きなのだと思います。大人になると小難しいことを訴えがちな人ばかりの中で、聖子ちゃんだけはずーっと、ぶれることなくアイコイアイコイ歌い続けている。アフリカで井戸を掘ったりラオスに学校をつくったりして、「あの人はあんな善行に励んでいるというのに、それに比べて私は……」と人々に自己の矮小《わいしょう》さを見つめさせたりもせず、自分の仕事と恋愛だけに集中するその姿勢が、市井の中年を安心させているのです。

すなわち聖子ちゃんは、バブル世代に対して、

「そのままでいいんだよ」

と言い続けているのでした。私達は生まれてからずっと平穏な世の中に生き、苦労らしい苦労もせずに中年となり、悩みといえば「このままセックスしないで死ぬのだろうか」くらい。不自由を体験したことがないので、「世の中を変えなくては」という思いを持たずにきています。その「社会に何も関わっていない感じ」がコンプレックスにもなっていますが、聖子ちゃんは「私はいつまでも若さを失わずにモテ続け、難しいことは考えずに楽しく生きているのだから、あなたもそのままでいて」と、そんな私達を肯定してくれる。

聖子ちゃんの娘である沙也加さんが、二〇一七年に結婚されました。遠からず聖子ちゃんは、祖母になることでしょう。しかし彼女はきっと、人の祖母となっても若く、モテ続けるに違いありません。聖子ちゃんがどのような立場になっても社会のことに口出ししようとせずに生き続けることこそが、我が国にとっては平和の証《あかし》なのではないかと、私は思っているのです。

〈追記〉沙也加さんはその後、離婚。聖子ちゃんはまだ、祖母になっていない。

気づいたら少子化

自分のことばかり考えている（ように見える）、松田聖子。であるからこそ、彼女は我々世代の女性達にとって憧《あこが》れの対象となったわけです。世のため人のためを考えず、「どうしたら自分は楽しく幸せに生きていくことができるか」をひたすら希求している（ように見える）彼女の生き方が、駄目な世代である我々に、

「それでいいのよ！」

という励ましを与えてくれるのです。

しかし、

「それでいいのよ！」

と聖子ちゃんが言ってくれているとはいうものの、我々世代が密《ひそ》かに抱える最大のコンプレックスは、「世のため人のためになっていない」ということではないかと思います。自分のことばかり考えることが賞賛される世でずっと生きていたために、利

他的な思考が身についていないのです。年だけはくっているのに、いつまでも「自分、大好き！」な己の姿勢にふと、

「これでいいのか？」

と立ち止まる時がある。

もちろん、どこの世界にも例外は存在するわけで、世のため人のために身を粉にしている方は、我が世代にもいらっしゃる。しかし相対的に見た時、我々の〝利他度〟の低さは、目につきます。

なぜこのようになったのか。……と考えてみますと、もちろん時代のせいがありましょう。子供の頃に第二次世界大戦が終わった、という世代を親に持つのが、我々。敗戦後はアメリカ文化や人権思想がどっと入ってきて、日本が激変する中で、親達は繊細な子供時代と思春期を過ごしました。

とはいえ、戦時中までの日本の感覚が全て消えてしまうはずもない。親世代は半身でアメリカ文化に憧れ、半身で日本の古い習慣にも縛られて、生きてきたのです。

そんな世代が成長して子供を産んだ時、

「自分の好きなように生きなさい。私ができなかったことをしなさい」

と、育てるようになったのは、当然のことかもしれません。特に娘を育てる時、母

親達は「自分を貫け」と、言いました。

すなわち、

「私は親に止められて大学に行けなかったから、あなたは勉強して良い大学に進みなさい」

とか、

「私は仕事を続けたかったのに、結婚してやめざるを得なかった。あなたは結婚しても子供を産んでも、仕事を続けた方がいいわよ。家事や子育ては私が手伝うから」

などと。旧時代の感覚に半身を縛られていた母親達は、「私ができなかったことを、あなたにしてほしい」と、自己実現を娘に託したのです。

ちなみに私の場合は、母親から、

「私は離婚したくても、収入が無くてできなかった。だから、結婚してもお金を稼げるようにしておいた方がいいわよ」

と言われたことがあります。あいにく専業主婦になるような機会は私にはやってこなかったのですが、自分の食い扶持は自分で稼げるように、という精神だけは備わったような気がします。

かくして娘達は、頑張って勉強して良い学校を目指したり、男女雇用機会均等法という風も吹いたということで良い職を目指したりしたわけですが、しかし我々はそのように頑張ってばかりいたわけではありません。我々が青春を過ごした八〇年代とは、雑誌「ポパイ」的な文化が花開いた時代でもありました。ファッションも恋愛も、カジュアルに都会的に楽しみましょう、楽しんだ者が勝ち！という空気が、横溢《おういつ》したのです。

「ポパイ」は、一九七六年に創刊されています。学生運動の時代が終わり、銭湯帰りに彼女の石鹸《せっけん》がカタカタ鳴るような「神田《かんだ》川《がわ》」的フォークの世界に対して親しみを持たない若者達が、「ポパイ」の軽く明るく乾いた世界に飛びついたのでしょう。カリフォルニアの青い空、スケボー、サーファー……といった文化は、日本の湿り気を嫌った若者達の心を鷲摑《わしづか》みにしました。

この「ポパイ文化」のようなものが、日本のバカ化の始まりだったような気がする私。学生運動の人たちは、世のため・人のためを思って安保などに反対していたと思われますが、「学生運動とか、ダッセー」というポパイ世代は、「自分」に夢中になったのです。

ちなみに「ポパイ」創刊時、私は十歳。中学生の頃からちらちらと眺め始め、ポパイ的世界に憧れて、ティーンの時代を過ごしました。銭湯を出て芯《しん》まで冷えた洗い髪よりも、サーフィンの後にノースショアの風に吹かれる髪の方がずっと恰好《かっこう》よく思えたのです。

おしゃれなもの、楽しいことをひたすら追求した、「ポパイ」。その姿勢は、恋愛においても同様でした。そんな「ポパイ」的世界における男女は、対等な存在だったように思います。

学生運動においては、何だかんだ言って女は従軍看護婦のような存在感であり、また「神田川」的世界においても、髪を洗った女よりも男はなぜか長風呂《ぶろ》で、いつも女は外で待たされてしまうのです。しかし「ポパイ」的世界において、男は女にモテたいと思うあまり、頑張ってエスコートしたり、レストランを予約したり、花や指輪をプレゼントしているのであり、何だかとっても楽しそうではありませんか。

「ポパイ」ワールドにおいては、セックスもカラッとしていました。七〇年代の若者達が、すでに「結婚前のセックス」という扉は開けておいてくれましたから、セックスをすることに躊躇《ちゅうちょ》はない。セックスもまた、明るく楽しくこなすのが、ポパイ&オリーブです。セックスした相手と結婚しなくては、といった考えも、もちろんありません。

このように、良い大学や良い会社を目指しつつ、ハマトラだのニュートラだのサーファーだのといった時に応じたファッションを楽しみ、恋愛も楽しんでいたのが、我々世代。一つのファッションの流行が終われば次の流行に。一人の相手と恋愛がうまくいかなければ、また次の相手と。……というサイクルが、永遠に続くと思っていました。

「世の中で一番偉いのは若者」という価値観が出てきたのも、八〇年代だったように思います。八〇年代になると、ツッパリ少年以外は、大人に反発する理由を見つけられなくなっていました。政治の季節はとっくに終わっており、私達は、かつて命がけで世の中に反発していた大学生がいたことすら知らず、大学生に。そこはレジャーランドと呼ばれておりました。

「自分が楽しいことさえできていれば、世の中とかどうでもいいしー」ということで、ロンとヤス（注：当時のロナルド・レーガン米大統領と、中曽根《なかそね》康弘《やすひろ》首相）がどれほど仲が良くても悪くても、どうでもよかった。それよりも、どのスニーカーを買うかとか、苗場《なえば》プリンスの予約が取れるかどうかの方が、重要な問題だったのです。

若者達は、流行と消費を先導する存在として、スポットライトを浴びました。戦争を知っている世代にも、団塊世代にも、学生運動世代にも無い軽さとカジュアルさが、世を席巻したのです。大人達は、流行の波に軽々と乗る若者達の顔色をうかがうようになり、若者達はそんな大人を見て「若いって、偉いってことなんだな」と、誤解しました。

我々が抱いたもう一つの誤解は、「若さという偉さは、永遠に持ち続けることができる」というものです。「ポパイ」においては、読者を「ポパイ少年」と呼称していました。誌面でもしばしば、「〇〇大好き少年」といった言葉が使用され、読者は何歳であろうとその精神は少年である、と規定されたのです。

「ポパイ」の女の子版として創刊された「オリーブ」においては、読者は「オリーブ少女」。こちらもまた熱狂的なファンを得たわけですが、その読者がおばさんとなった今も、心は「オリーブ少女」のままであることは、よく知られています。

楽しいままで、祭りは続く。……と思ってしまった、若き日の我々。戦争なんて起こるはずはないし、災害だって起こりはしまい。日本はこのまま平和で豊かになり続けていくのだから、自分達はこのままその時々の流行の服を着て、その時々に好きになった人と付き合い、面白おかしく生きていくのだ。……と、当たり前のように信じていました。

我々が先導したのは、流行や消費だけではありません。我々世代が日本に与えた最も大きな影響、それは晩婚化・少子化を推し進めたということなのではないかと、私は思っています。

敗戦直後、団塊の世代が生まれたベビーブームの時代、日本の合計特殊出生率は四・三を超えていました。一九五〇年代後半以降は落ち着きを取り戻し、二・一前後を推移。ちなみに、「これだけ生まれていれば人口をキープできる」という人口置換水準は二・〇七ですので、安定した数値だったといえましょう。前にも書きましたが、私が生まれた一九六六年は丙午《ひのえうま》ということで、出生率が一気に低下して一・五八となりましたが、翌年には持ち直したのです。

しかし七〇年代半ばから、出生率は減少していきます。人口置換水準も下回り、二・〇も下回り、やがて一九八九年、少子化業界で有名な「一・五七ショック」がやってきます。

特殊な年であった丙午よりも出生率が下回ってしまったということでの、「一・五七ショック」。この辺りから、世の中は「少子化、ヤバいのではないか」とざわつき始めます。が、政府が笛吹けど、女は踊らず。ますます出生率は低下し、二〇〇五年には、一・二六という、統計史上最低の数字が叩《たた》き出されます。

一・五七ショックの時、私は二十三歳。そして一・二六の時、三十九歳。日本国中が若い女性に対して「産め！」と期待していた時、私はまさに「産み頃」でした。しかし私はやっぱりその時代、十代の頃と同じように、アイだのコイだのハワイだのおしゃれだのにキャッキャしていただけだったのです。

周囲を見ても、二十代前半で子を産む人は皆無。いても「相当の蛮勇の持ち主」という存在感でした。二十代後半になってやっとぽつぽつと産む人が出てきたのですが、「頑張り屋さんなのね」という感覚で眺めていたものでしたっけ。

日本の少子化の原因については、議論が百出しております。保育園が足りない。男性が子育てを手伝ってくれない。……等、「ごもっとも」という理由に対して、対策が少しずつとられてもいる。しかし我々が産み時だった頃、「産みたい」「産まなきゃ」という気持ちがなぜ発生しなかったのかを考えてみると、もう少しバカっぽい理由が絡まりあっていたように思えます。

まずは、「子産み・子育てよりも楽しそうなことがたくさんあった」。アイだのコイだのハワイだの……と、何度しても飽きない楽しいことが世の中には山のようにあって、そんなことを楽しんでいるうちに、あっという間に年月は過ぎ去っていきました。

一時代前であれば、そんな娘を見た親が、

「早く嫁にいきなさい」

と尻《しり》を叩いたのだと思いますが、前述の通り、我々の親は「自分ができなかったこ

とを、娘には思い切りさせてやりたい」と願っていたので、

「結婚なんかしたら、家事や育児で女は大変になるだけ。遊べるうちに遊んでおいた方がいいわ」

と、娘を自由にさせました。

もちろん、チャラチャラしていた人ばかりではなく、仕事に邁進《まいしん》していた人もいましたが、そんな女性に対しても、母達は優しかった。

「キャリアウーマンだなんて、恰好いいじゃないの。家のことは心配しないで、思いきり働きなさい！」

と、娘をずっと実家に住まわせ、娘が残業から帰ってきたら栄養たっぷりの温かな食事を供し、娘のパンツもブラジャーも、洗ってやっていたのです。

結婚&出産をした友人達はやたらと大変そうで、一気に老け込んだ感じ。あんな大変なのであれば、別に結婚相手が見つからなくてもこのままでいいかな……。ということで、娘達は焦って結婚することなく、のびのびと働いたり遊んだりしながら、最も元気な時代の子宮を活用することなく、過ごしておりました。

その母親達は、二十代半ばまでに子供を産んだ世代なので、娘が社会人になってもまだ若く、力があり余っています。だからこそ「したいことをしなさい」と娘達の背

中をせっせと押していたわけですが、気がついたら背中を押しすぎて、娘は独身のまま三十代に突入してしまう……。

ちなみに私も、実家を出て一人暮らしを始めたのが、二十九歳の頃でした。三十の声を聞くと、さすがに「一つの家に大人が何人もいるというのも、不自然だわね」と思うようになって、マンションを借りることを決意。すると母親の友人からある時、

「順子ちゃんが一人暮らしするみたいって、お母様が泣いてたわよ」

などと言われたではありませんか。三十娘が家を出る、それも他家に嫁ぐとか他国に住むとかでなく、隣の区に移るだけなのに母親って泣くんだ！……とびっくりしたのですが、その涙は、どれだけ私が母親にもたれかかっていたかを示すものだったのでありましょう。

このように、明らかに遅すぎるタイミングで家を出た私は、その後も一人の生活を楽しみつつ自分の食い扶持を稼ぎ、また、

「頼む！　俺の子供を産んでくれ！」

と言うような男性も登場せずに、五十歳となりました。ちなみに生涯未婚率というものは、「五十歳の時点で一度も結婚したことがない人の割合」。日本国は、「今まで一回も結婚してない人は、五十をすぎたらもう結婚しないですよね？」という判断を

していることです。そして最新（二〇一五年）の国勢調査によれば、生涯未婚率は男性が約二十三パーセント、女性が約十四パーセントということで、過去最高の割合となりました。

結婚しなければ子供も生まれないのが、我が国。我々世代の少子化への貢献は、はかりしれないのです。少子化を憂う人たちは「日本が滅びる」と心配していますが、本当に滅びてしまったらすみません。あの時、私達がキャーキャーしているうちに、どこかで少子化スイッチを押してしまったんですよね……。

昭和と平成のあいだで

ほどなくして終わる、平成時代。今上天皇が退位され、新しい天皇が即位されたならば、私は昭和、平成に続き、三つ目の御代を生きることになります。

私の祖母は明治生まれであり、明治、大正、昭和を生きました。子供の頃はそんな祖母を見て、「三つの時代を見てきたとは、すごいなぁ」などと思っていたのですが、自分も気がつけば同じことになっている。下手をしたら、四つ目の時代まで行ってしまうかもしれません。

私は「昭和人」の自覚を持つ者なのですが、我々の故郷である昭和は六十年以上続いた、長い時代です。今、

「昭和って感じですね〜」

と我々が平成人から言われる時、彼等は、主に我々が青春時代を過ごした昭和末期をイメージしているのでしょう。しかし、二・二六事件だって太平洋戦争だって、昭

和の出来事。長すぎる昭和のイメージを一言で表すことは困難です。

昭和六十年代に生まれた人であれば、

「昭和生まれなんですか！」

と、平成人から言われるのが悔しいことでしょう。昭和生まれとはいえ、昭和の空気をはっきり覚えているわけではなく、平成人の気分で生きてきたのに、生年月日を記す時に「昭和」にマルをつけなくてはならないのは納得いかない。なぜ親はもう少し遅く産んでくれなかったのだ、と。

個人的見解では、成人までを昭和時代に過ごしていた人が、真の昭和人なのではないかという気がしております。私の場合は、二十二歳までを昭和時代で過ごしました。既に、二十二年間の昭和生活よりも、その後の平成生活の方が長くなりましたが、しかし精神が最も柔らかい時期を昭和の波に揉《も》まれて生きてきた身としては、「平成」はいまだ、馴染《なじ》みの薄い年号。ハワイやブラジルの日系移民の一世達が、若い頃までしか日本には住んでいなかったのに、年をとっても日本の習慣を大切にして生きているように、最後の昭和人である私もまた、昭和の感覚を大切にして生きているのです。

年号というものが無い国の人々は、日本人のこの年号感覚が理解できないことかと思います。天皇が替わったことによって、時代の名前も空気感も変わるってどういうことなの、と。

私も、時に年号というものの存在が面倒臭くなることはあるのです。

「二・二六事件は一九三六年に起こり……」

などと書いてあったとしても、「昭和で書いてくれないとわからない！」と思いますし、また最近は、「平成」に対する思い入れが薄いあまり、今が平成何年なのか、わからない状態でずっと生きてきました。「面倒臭いから、もう暦は西暦で統一しちゃっていいんじゃないの？」とも思います。

しかしやはり、昭和に対しては愛着があるのでした。この昭和への愛着が、平成人にとってはウザいということも、よくわかる。

昭和人もさすがに、自分達のことを「古いなー」と思うことは、多々あります。私が最もそのことを感じるのは、たとえば名前について。成人までを昭和で過ごしている純正昭和人に、キラキラネームの人はまずいません。女子の場合は「子」がつく名前が多いし、「子」でなくとも、「○美」「○恵」「○代」といった感じ。

以前にも取り上げた松田聖子について考えてみるならば、彼女の本名は「蒲池《かまち》法《のり》子《こ》」。いかにも昭和、という感じのかっちりした名前です。

同時期に活躍したアイドルである中森明菜《なかもりあきな》、小泉今日子、堀《ほり》ちえみ、松本伊代《まつもといよ》といったところは意外と本名のままでアイドルをしていたのに対して、聖子ちゃんの場合は「さすがに法子っていう名前はアイドルっぽくないだろう」と判断され、松田聖子になったものと思われる。

聖子ちゃん自身も、「法子」という名については、あまり思い入れはなかった気がします。それというのも、聖子ちゃんが産んだ女の子の名前は「沙也加」。「法子って全然イケてない。どうしてもっと可愛い名前にしてくれなかったの」との思いが「沙也加」には込められていましょう。歴代首相夫人の中でもぐっと若々しい雰囲気を持っている安倍《あべ》首相（当時）夫人は聖子ちゃんと同じ昭和三十七年生まれですが、「昭《あき》恵《え》」もまた、昭和人の名前以外の何物でもない。

「法子」さんや「昭恵」さんは、「明菜」「今日子」世代の私よりも数年先輩なので、このように昭和色がさらに濃い名前の人もいるわけです。が、もっと上をみれば「勝《かつ》子《こ》」「紘子《ひろこ》」といった戦勝祈願系、「稲子《いねこ》」「田鶴子《たづこ》」といった五穀豊穣《ほうじょう》系等、昭和史を物語るような名前の方々もいるのでした。

かく言う私の名前は、「順子」。「順」という文字も、「法」とか「昭」並みに、今時の子供の名前には使用されなくなっています。ちなみに明治生まれの祖母は「綾子《あやこ》」↓昭和十年代生まれの母親は「洋子《ようこ》」↓昭和四十年代生まれの私は「順子」と、女三代でさほど印象の変わらぬ名前を持っているのですが、この長らく続いた「子」の歴史は、私の時代の後に、霧散します。「法子」の娘が「沙也加」となったように、最後の昭和人達は、「もう『子』なんて嫌だわ……」と、娘達にキラキラした名前をつけるようになったのです。

「子」が消えたばかりではありません。昭和人の名前は、前述のように戦勝や五穀豊穣を祈ったものもありましたが、「女子のあり方」を考えてつけられたものも多かった。たとえば「順子」の「順」は、「順調に育ちますように」との願いが込められていると同時に、「したがう」と読むこともできる文字。すなわち「従順」という意も込められた、割と儒教的な名前なのではあるまいか。

ちなみに皇太子妃、雅子《まさこ》さまは、昭恵さんや法子さんよりも一歳下であり、雅子の「雅」は優雅の雅。雅子さまのお母様は「優美子《ゆみこ》」さんであり、母と娘で「優雅」です。もしも雅子さまが「明菜」という名前だったら、彼女は皇太子妃として選ばれ、「明菜妃」などと言われていたのでしょうか。あの頃のお妃選びでは、名前もまた重要なポイントだった気がしてならず、秋篠宮《あきしののみや》家の悠仁《ひさひと》さまのお妃選びの時は、非キラキラの人を探すのに苦労するだろうなぁ。

それはいいとして、雅子さまの双子の妹さんは「礼子《れいこ》」と「節子《せつこ》」、二人合わせて

「礼節」です。私の友人にも、「清子《きよこ》」と「純子《じゅんこ》」という、二人合わせて清純シスターズがいましたっけ。この時代、まだ親は子供に、昭和的「女の生き方」を望んでいたのでしょう。

しかし昭和の終わりは、女の子の名前に込められた願いと、女の子の生き方が乖離《かいり》せざるを得ない時代でした。小和田《おわだ》家はきちんとしたおうちですので、長女は雅やかに育ちましたし、きっと妹さん達も礼節を守って生きているに違いありません。しかし、我が身をかえりみれば、その生きざまは順調でもなければ従順でもありません。そして清純シスターズは、二人ともバブルの時代をかなりな勢いで楽しんでいたのであり、清でもなければ純でもないというシスターズに仕上がりましたっけ。

かくして最後の昭和人達は、名前に思いを込めることの無意味さを知ったのではないでしょうか。もう「礼節」とか「清純」とかはどうでもいい、単純に響きや字面が可愛い名前がいいわ……ということで、法子の娘が沙也加、的な現象はあちこちで見ることができます。「沙」「也」「加」それぞれの文字に意味はありましょうが、名前をつける時には、一つ一つの文字にさほどの意味は込められなかったに違いない。

子のつく名前の女性は平安時代から存在していますから、千年以上続く女子の名前の歴史を、我々は消しつつあるということになりましょう。そして「女たるもの、こうあるべき」という婦徳の感覚も、同時に消えていったように思うのです。

名は体を表すとはいうものの、親の願いを表す「名前」と、その名前をつけられた本人の生き方が著しく一致しなくなってしまったのが、私達の世代です。しかしやはり名前の力は強いもので、名前に込められた昭和の呪縛から逃れられそうで逃れられず、しかし心身は中途半端に自由……という生き方を我々はしているのではないか。つまり、昔ながらの儒教っぽい婦徳の世界と、キラキラの世界との間で、どっちつかずの状態になっているのです。

最後の昭和人である我々は、同時にバブル世代でもあります。そしてバブルの時代というのは、女が「チヤホヤされること」に対して、おおいに重きが置かれた時代。

平成人の中でも年かさの人は、

「アッシーとかメッシーって、聞いたことありますー。昭和って感じですよね」

と言います。車で送迎してくれる「アッシー」や食事を奢《おご》ってくれる「メッシー」を使い分けていたのがバブル女、というのが一般的なイメージでしょう。

もちろん、アッシーやメッシーを潤沢に抱えていた女性ばかりでなかったことは、言うまでもありません。話題として面白いので、アッシーメッシー神話が膨らんで後世に伝わったのです。

当時は「会社の経費」というものがあったので、男性側も、特に好きでもない女性にも、奢ったり送ったりすることができる余裕があったことは確かです。男女が食事を共にしたならば、男性が支払うのが普通。男は車を持っていて、女は助手席に乗せるのが普通。……という感覚はあって、何を奢ってもらうか、どんな車の助手席に乗るかが自分の価値だと誤解した女性はたくさんいました。だからこそ、「いつまでも奢ってもらいたい」「いつまでも外車の助手席に乗っていたい」という願望を持つ美魔女というものが平成の世に出現したのです。

しかし「男性にお金や労力を使わせること」が、女性の立場の向上につながっているのかというと、そうではありませんでした。むしろ、「自分で稼いだお金を使う女よりも、男から貢いでもらえる女の方が価値が高い」という意識は、日本女性の意識を後退させたのではないでしょうか。

バブル絶頂期の少し前に、男女雇用機会均等法が施行されました。それまでは、女子大学生の就職難の時期が長く続いていましたが、それは不景気のせいではなく、日本企業において「女は花嫁要員」だったから。難しい仕事を女にさせるつもりは企業になく、「だったら若い方がいいよね」ということで、就職戦線において四年制大学卒の女子は敬遠されました。結婚すれば会社を辞める短大生の方が、ずっと就職には恵まれていたのです。

そんな中、やる気のある女子大学生に対して、働く「機会」を広げようとしたのが、均等法でした。「これから、男女が平等の世の中がやってくるのね」という期待が高まったものです。

ところが、均等法施行のすぐ後にやってきたバブルの時に広がったのは、「自分で稼ぐより、稼ぐ男に貢がせる女の方が偉い。自分で車を運転するより、高い車の助手席に座っていられる女の方が偉い」という空気。髪を振り乱して働くキャリアウーマンとやらよりも、きれいな恰好でチヤホヤされている方がずっといいではないの、と。

均等法施行から三年目、バブル絶頂期に私は就職活動をしたのですが、同級生達を見ていると、性格によって進む道がはっきりと分かれたものです。私は、「せっかく機会が与えられたのだから、当然皆がキャリアの道を歩むのだろう」と思っていたのですが、それは大きな誤解でした。女子アナやスチュワーデス（当時）、はたまた大手商社の一般職となってチュウツマ（駐在員の妻）を狙うなど、チヤホヤコースを目指す人がたくさんいることに、私は真剣に驚いたものです。

社会に出てみると、チヤホヤコースに進んだ人の方が、人生は楽そうでした。モテモテ時代を経て安定した職を持つ男性と結婚、専業主婦となって子供を産み育て、自分の夫のことは当然のように「主人」と言う。それは「優雅」「礼節」「清純」的な、我々世代の名前に合った、昭和的な生き方であったと言えましょう。

対して私は、「順子」などというド昭和な名前のくせに、非昭和的な道に進んでしまいました。やり甲斐《がい》がある仕事ができそうな会社に就職、その割に三年で辞めてしまったものの、立派な「主人」を得てそのお金で生きるほどの魅力も才覚もなく、また自分のお金で自分のパンツを買うという気楽さから離れることもできずに、気がつけば平成ももうすぐ終わろうとしている……。

　昭和は、女性の地位の激変期でもありました。最初の頃は女性に選挙権もロクな人権もなかったのが、敗戦によってそれらがもたらされ、とはいえ「女性は社会進出なんてしようとは思わないでくださいね」という時代が長く続き、昭和末期になってようやく均等法施行、というように。

　その時々で、女性の地位を何とかしよう、と考えて活動をしてきた女性（や男性）は存在しており、その方々の尽力のおかげで、選挙権やら人権やら働く機会やらを私達は得ることができたのですが、ふと思うのは「では私達は後輩のために何かをしてきたのか」ということ。昭和人的生き方をまっとうせず／できず、かといって先達のように、「女性の地位向上のために」と闘ったわけでもない。昭和の最下級生として、ただ恩恵を享受するだけになってはいまいか。そんな状態で平成を生きた我々は、昭和と平成の間で、股裂き状態となっているのです。

平成人の女性達は、男性と食事をする時も、奢ってもらおうなどという気はハナから無いのだと言います。ましてや男の子を呼びつけて、車で送ってもらおうなどと思うはずがない。

対して中途半端な昭和人の私は、自分のパンツは自分で買いたいのに、男性に奢ってもらうと、「おっ！」と嬉《うれ》しくなります。また平成人の女性達は、「たとえこれでモテなくなってもいい」という覚悟のもと、ありのままの姿を晒《さら》すことに躊躇がありませんが、最後の昭和人世代は、ありのままの姿を晒してモテなくなることが怖くて、延々とどこかでブリッ子をしている。

そんな我々を見て、平成人の女性達が、「ああはなるまい」と思ってくれているのであれば、それがせめてもの我々の存在価値かもしれません。昭和と平成の橋渡し役、と言うと聞こえは良いですが、次第に昭和と平成の距離が離れてきて股がちぎれそうになっている我々は、果たして平成の次の時代までたどり着くことができるのでしょうか……？

〈追記〉その後、新元号は「令和」に。何とか令和も生きています。

デジタル格差社会の中で

我々は、革命の時代を生きております。それは人々が争い、血が流れるような革命でなく、見えない場所で静かに進行する「ＩＴ革命」。

「ＩＴ革命」という言葉自体、もうずいぶん古く感じられる今。しかしパソコンでパチパチとこの原稿を書いている、というか打っている私はデビュー当時、原稿用紙にシャープペンで原稿を書いていた身。「まさにこの変化は、革命じゃ……」と思うのです。

青春時代の通信手段が何であったかによって、その人の人生は変わってくるように思う私。明治時代の小説など読みますと、他人の家を訪ねるのはアポ無しが当たり前であり、また人々は盛んに手紙を書いています。はたまた昭和のドラマ「君の名は」（平成のアニメの方ではなく）は、スマホが普及している時代であったら成立しないストーリー。そんな時代において、人は今よりも気軽に他人と「会う」ことができたと同時に、なかなか「会う」ことができなくもあった。

昭和の「君の名は」が最初にラジオドラマで放送されたのは、一九五二年です。当時、家庭の固定電話の普及率は一パーセント程度であり、世はまだ手紙&アポ無し訪問の時代。その後、家庭用の固定電話が普及し、電話で連絡をとるのが普通の時代となります。

私が生まれ育ったのは、この固定電話の時代でした。子供の頃、家にあったのはダイヤル式の、黒電話。お金持ちのおうちに遊びに行くとプッシュ式の電話があって、「洒落《しゃれ》てる！」と思ったものです。

その時、世の中に「固定電話」という言葉はまだありませんでした。冷蔵庫や炬燵《こたつ》が動かないのと同様に、昭和の電話も動かなくて当然。今の若者は知らないでしょうが、「固定電話」は、携帯電話が登場して初めて登場した言葉なのです。

固定電話の世界にも、時代によって微妙な進化はありました。私がティーンの頃、我が家では遅まきながら、黒電話からプッシュホンにチェンジ。電話機のコードを長くすることによって、居間にある電話を別の部屋に持ち込み、親に聞かれずに会話をすることができるようになりました。

そのうち家庭用ファックスを導入すると、手紙よりは手軽かつ迅速な、ファックスによる文通も楽しむことができるように。さらには子機というものも登場し、コードごと電話機をひきずっていかなくても、プライバシーを保ちつつ電話で会話をすることができるようになったのです。

このように昭和の末期、通信という行為は、一家に一台の電話によって担われていました。相手が家にいなければ話せないし、キャッチホンというシステムが導入されるまでは、相手が電話を使用している時は、お話し中が長く続いた。そんな中でうまく意中の相手と話せた時は嬉《うれ》しくて、「長電話」は女子供の好物に。我々は、声と声とでコミュニケーションを深める青春を送りました。

その後の三十年で、通信技術は飛躍的な進化を遂げます。進化のスピードがめまぐるしいため、下の世代の青春話を聞いていると、

「私の頃はポケベルが流行《はや》ってて」

「自分の頃はピッチっすね」

「携帯はあったけどスマホじゃない」

などと、微妙な感覚の違いはあるようです。

しかしポケベルであれＰＨＳであれガラケーであれ、人がその人専用のモバイル通信機器を持つ時代とそれ以前との間には、ある種の分断がある気がしてなりません。

固定電話の時代は、誰かに連絡する時、オーバーに言うならば「イエ」を意識せねばなりませんでした。異性のイエに電話をかける時は、親が出ないことをまず祈り、親が出てしまったら、

「夜分に申し訳ありません。◯◯高校の××と申しますが」

と、自分の所属というか出自というか、その手のものを名乗った上で、先方を呼び出してもらわなくてはならなかった。単に、

「××ですけど」

　としか言わないと、

「どちらの××様で？」

などと言われることになったのです。

一家に一台の電話を介すと、このように◯◯高校の××という人からのコンタクトがあったという事実が、イエの人に知られることとなりました。「連絡」と「プライバシー」は、そう密接な関係にはなかったのであり、それは明治期の感覚とあまり変わらないものではなかったか。

　手紙もまた相手のイエに配達された後に、個人の手に渡されるもの。「××という人から手紙が届いた」ということはイエの人に知られるのであり、アポ無し訪問もま

た、「あの人が来た」とわかってしまう。「連絡をとりたい」というこちらの意思が、相手の家族にも共有されるという点において、昭和末期と明治は共通しているのです。昭和末期のティーンにとって、電話をかけた相手の親に自分の学校名と名前を名乗るという行為は、青春の通過儀礼。その電話のかけ方によって、親は「子供の友人知人はまともか否か」を判断したのでしょう。

しかしＩＴ革命後、人が個人で通信手段を持つようになると、「連絡」はイエで管理されるものではなくなりました。中高生であっても、親に知られず誰とでも連絡がとれるように。

さらにネットと通信機器がつながって、人はいつでもどこでも、世界中とコンタクトをとることができるようになりました。一人としかつながることができない固定電話と、世界中とつながるスマホ。同じ電話機とはいえ、両者の何と違うことよ。

話を自分のことに戻しますと、ＩＴ技術の進歩によって、仕事の仕方も変わってきました。デビューが早かった私は、電話機のコードをひきずりながら長電話をしていた高校時代から原稿を書いていましたが、その頃は前述の通り、原稿用紙に手書き。まだ家庭用ファックスはさほどポピュラーでなく、近所の文房具屋さんから一枚百円くらいで原稿を送ることもあれば、編集者さんに直接渡すことも。

大学時代、初めての本を書くことになって、私は「よーし、今話題のワープロというものの操作を、本を書きながら覚えようではないか」と、思い切って導入してみました。初期のワープロをパチパチしていると、自分がとても恰好《かっこう》良いことをしているような気持ちになったものでしたっけ。

そうこうしているうちに、社会人になった私。以前も記したように、私は昭和天皇崩御の年に社会人になりました。配属された部には一台、謎の機械が置いてあって、それが私が初めて見た「パソコン」でした。コンピューター好きの先輩が持ち込んだ「パソコン」は、何やら不気味な存在感を漂わせていましたが、その物体の存在感がそれからどんどん増して、仕事にも生活にも無くてはならぬものになろうとは、当時の私はまだ知らなかった。

その頃、移動電話、もしくは自動車電話といわれるものもまた、姿を現し始めていました。平野ノラが肩からかけている、「弁当箱のような」とよく言われる、あれです。

世の中には、新しい機器などをすぐ取り入れる、いわゆる新規開拓傾向が強い人とそうでない人がいますが、私は後者。当時、同行者が弁当箱大の電話を持ち、

「しもしも〜？」

とは言わないまでも、歩きながら電話で話し出したりすると、いたたまれないほど

恥ずかしかったことを憶えています。初期の携帯電話を使用して人前で話すといった行為はけれん味が強すぎて、「お願いだからやめて……」と思いつつ、すーっとそこから離れていったものでした。

パソコンも携帯電話も所有しないまま、三年で会社を辞めた私。それからは個人で仕事をしていましたから、IT化にはずいぶんと後れをとりました。退社して数年後に何とかパソコンは所有したものの、あまりにもワープロ慣れしていたもので、仕事はワープロのまま。そんな中、ワープロ専用機はどんどん製造中止になっていきましたから、「このままでは断筆か？」などと思ったものです。

もはやガラパゴスですらなく、幻の大陸・アトランティスのような機器であったワープロに私がしがみついているうちに、IT革命はどんどん進みました。まだ会社員であれば、どれほどITリテラシーがない人にも、会社が最低限の教育をしてくれますが、フリーの場合は個人の資質がIT能力に直結します。ワープロというアトランティス大陸がずぶずぶと沈みゆくのを知りつつも、そこに棒立ちになって「どうしよう」とポカンとしていた私は嗚呼《ああ》、固定電話世代の女。今さら「ワードが使えません」とは言えず、

「やっぱり文章を書くには、ワープロ専用機が一番適してるんですよね」

などと言い張っていたものです。

我々世代と、それより下の世代の大きな違いとは、この「青春時代、デジタル機器に出会っているかどうか」という部分です。就職活動でも、これからコンピューターがいかに力を持つようになるかに気づいていない人が多かったため、ＩＴ系企業を目指す文系学生は稀《まれ》でした。

社会人になってＩＴ化の波が押し寄せたため、あたふたと知識を身につけて一応はパソコンを操ることができるようにはなったけれど、なにぶん大人になってから得た知識。若い頃からパソコンを触っているデジタルネイティブ世代とは、理解の深度が異なるわけで、だからこそ「ＩＴ業界で起業しよう」といった感覚も薄い。

ちなみに堀江《ほりえ》貴文《たかふみ》氏は一九七二年生まれ。私より六歳下です。彼は中学生の時に既に自分のパソコンを所有し、プログラミング等を学んだのだそう。もちろん、当時としてもＩＴ意識が高い中学生だったにせよ、ごく若いうちからパソコンを触っていた。

そしてこの世代には、ホリエモンの他にも、サイバーエージェントの藤田晋《ふじたすすむ》氏等、デジタルっぽいヒルズ族っぽい人たちがたくさんいたのであり、彼等を見て「我々とは違うわー」と、固定電話世代は指をくわえているのです。

ホリエモンよりさらに若い世代は、さらにデジタルネイティブ度合いが高くなっていきます。子供の時からスマホをおもちゃ代わりに使用していた世代もいますし、二〇二〇年からは、小学校でプログラミングの教育が必修になるというではありませんか。既に現在も、ＮＨＫのＥテレにおいて子供向けのプログラミング番組は始まっているのであり、ヒップホップのダンスやらプログラミングやらを当然のように身につけた子達が、これからは大人になるのですねぇ。

我々世代も、一応はパソコンを使える気にはなっています。ワープロと共に海底に沈みそうになっていた私も、その後、引っ越しをきっかけに、意を決して「我が家のＩＴ革命」を敢行。ガラケーからスマホに、そしてパソコンをウィンドウズからマックに替えたついでにワープロでの仕事もやめてみたらすっごく便利で、「なんで今までパソコンで原稿を書かなかったんだろ〜」という感じです。

ネットで買い物はできるしエロ画像も見られるし、その程度のパソコンの使い方はできる我々。がしかし、下の世代からしたら「その程度の使い方しかできない」ということになりましょう。我々世代にとってプログラミングは、「特殊にパソコンに詳しい人、言うなればオタクの人がするもの」という感覚でしたが、これからは小学生すらプログラミングをこなす時代なのですから。

我々世代と下の世代のＩＴ感覚の違いは、大人になってから頑張って英語を学んだ人と、子供の頃から親の仕事の都合などで外国に住んで英語が自然に話せるようになった人との違いのようなものです。デジタルネイティブの若者達は、それが特別なものとは思っていない。対して我々は頭で学んだＩＴであって、本当には身に馴染《なじ》んでいません。スマホやアップルウォッチを使用しながら、「何だか、こんなことを自分がしているなんて夢みたい」と思う私は（意外にもアップルウォッチ所持者）、新幹線やスタバでパソコンを広げることが、いまだに恥ずかしくてできないのでした。

上の世代を見れば、我々よりもずっとＩＴの世界から遠いシニアがたくさんいます。そういえば私の母親は、「ＩＴ革命」という言葉が盛んに言われていた頃、

「でも私なんかは、どうにか逃げ切れそうね」

と言っていたものです。すなわち、デジタル系の知識を身につけなくとも、何とか一生を終えることができるのではないか、と。

その予言は、当たりました。スマホが普及する前に母は六十代で他界、すなわちＩＴ革命から「逃げ切った」のです。かろうじて実家にパソコンはあったため、ネット世界を覗《のぞ》き見てはいたものの、ネットショッピングは一度もしたことがなかったし、ツイッターもＬＩＮＥも知らずに、この世を去った。

買い物好き、かつパリピ的パーソナリティーだっただけに、母がもう少し生きてい

たら、ネットでバンバン買い物をし、SNSで存分にリア充アピールをしていたであろうことを思うと、ちょっとホッとするような気分であることは否めない私。そして今も生きる母の友人達を見ていると、その人が置かれた状況によって、デジタル格差が激しいことに気づくのでした。

すなわち、若い世代とどれくらいコミュニケーションをとっているかで、彼等のデジタル能力は違ってくるのです。今時、七十代でスマホを持っていない人は少ないものですが、そのスマホをどれほど活用しているかには、子や孫との親密度合いが関わってくる。

デジタル知識がゼロに近い人にスマホの使用法を教えるのは、なかなか困難です。自分も固定電話世代とはいえ、すでにIT革命の波をかぶって久しい時が経ちますので、高齢者達が何がわからないのかが、既にわからなくなっている。実家にパソコンを導入する時も、「クリック」の何たるかを親に教えるだけの忍耐力を持たない自分に気づき、

「このままではイライラしてたまらん」

と、性格が優しい兄の妻に「後はよろしく」と押し付けて逃げたのでした。

しかし、そんな高齢者と私は、「固定電話世代」という意味において、同じ側にい

ます。

SNSという場においても、今ひとつ自然に振る舞うことができず、過剰にはしゃいだりアピールしてしまいがちなのは、固定電話世代。また、大昔の人が写真機を怖がったのと同様、ネット世界を過剰に怖がる人が多いのもまた、固定電話世代なのですから。

ちなみに私は後者であって、若者達がネット上で未知の人たちと気軽につながっているのを見て「尻子玉を抜かれるぞい……」などと心配を募らせる者。しかし、私にとって一大事である「見知らぬ人とネットでつながる」ということは、デジタルネイティブにとっては呼吸をするくらい自然なことなのでしょう。

携帯電話の普及によって、通信という行為がイエでなく個人のものになった時、我々以上の世代が大喜びで活用したのは、不倫においてでした。夢の「通信におけるプライバシー」を手にした時、我々がまず「したい」と思ったのは、その程度のことだったのです。

それは明治以来の人々の、「家族に知られずに外の人と連絡をとり合いたい」という積年の思いが爆発した結果だったのかもしれません。明治の人々の思いを背負った我々は、新たな出会いを広げるより、既知の人との交際を深める方向で、デジタル機器を使用したのです。

とはいえ、我々より下の世代も盛んに不倫をしている現状を見ると、やはり通信における プライバシーというものは、「イエ」を崩壊させがちなのかも。夫婦や家族の一体感を求めるなら、夫婦別姓を禁じるよりスマホを禁じる方がよっぽど効果があるだろうなぁ、と思います。

〈追記〉コロナ時代となって以降、ＩＴ知識の重要性は飛躍的にアップ。リモート会議に不慣れな頃は、自らのパソコンスキルの無さに落ちこむ同世代は少なくなかった。

ナチュラルの波を乗りこなせ

「奥田《おくだ》民生《たみお》になりたいボーイと出会う男すべて狂わせるガール」という映画がありました。渋谷直角《しぶやちょっかく》作のコミックスを原作としたこの映画。主人公は、奥田民生に憧《あこが》れる、三十三歳の編集者です。彼が「出会う男すべて狂わせるガール」に恋をして……というお話なのでした。

映画では、ボーイ役が妻夫木聡《つまぶきさとし》、ガール役は水原希子《みずはらきこ》。ぴったりの配役であることよ、と思うわけですがそれはいいとして、私がこの物語について思ったのは「我々世代も、下の世代から憧れられたりするんだー」ということでした。揶揄《やゆ》されたり、駄目扱いされたりすることは珍しくない我が世代ですが、憧れられることもあるとは意外。

ボーイは、

「奥田民生はオレの人生の指針!!　ああなりたい!!」

と思っています。ボーイが十五歳の頃、「ミュージックステーション」に出ていた奥田民生が、司会のタモリから、

「ジーパン汚れてるよ？」

と指摘された時、

「これは……さっきラーメンの汁こぼして……」

と答えた、その脱力した『なんでもいい』ような在り方にシビれたのだ！」ということになっている。彼は、積極的にラクに生きようとする奥田民生の生き様に焦がれるのです。

そんなボーイは、マガジンハウスを思わせるオシャレ出版社の、オシャレライフスタイル誌の編集者です。周囲がとてつもなく&恥じらいもなくオシャレライフを送る中、「奥田民生が好き」と言いづらくなってしまったボーイは、「なんでもいい」という感じを貫くことができるのか……？

奥田民生は、昭和四十年（一九六五）生まれ。私より一歳上であり、本書において私が主張している「駄目な世代」に入りましょう。この世代には今も活躍するミュージシャンが多いということは以前にも記しましたが、その中の代表的存在と言っていいのではないか。

バブル世代である奥田民生は、しかしそんな過去を感じさせない人です。ラーメンの汁がかかったジーンズのみならず、頭にタオルを巻いた姿や作務衣姿もお馴染《なじ》み、だけれどそれがシニア向け通販カタログのモデルっぽくなく、様になっている。

それは、フォーク世代の小汚さとも一線を画したスタイルです。脱力はしていても、清潔感はあってどこかにセンスが感じられる。もちろん、ギンギンのバブルっぽいファッションには程遠い。

ちなみに奥田民生と同じ年に同じ広島で生まれた人として、吉川晃司《きっかわこうじ》がいます。彼は若い頃にアイドル的ロック歌手として人気だったのですが、彼のアイドル時代は、肩パッドが入った原色のジャケットや、フロンガス入りのスプレーを大量に使用しないと成立しないような引力に逆らった髪型など、バブルバブルした非ナチュラルなファッションでした。その時代は、非ナチュラルであることがとても恰好《かっこう》良く見えたのです。

吉川晃司と奥田民生は、そうしてみると正反対なイメージであるわけですが、しかし奥田民生も、ＵＮＩＣＯＲＮの一員としてデビューした頃は、派手なジャケットを着たり、引力に逆らう髪型をしていたのです。バブル崩壊の頃にバンドが解散し、ソロとしてデビューしてから、ぐっとナチュラルなムードに。

吉川晃司もまた、若い頃に過剰なほどに非ナチュラルであったせいか、今は「あえて白髪を染めない」というナチュラルさを見せています。その姿勢が一種の人間力のようなものをも感じさせ、中年期以降、人気が復活してきました。

このように我々は、バブル崩壊後に反動としてやってきた「ナチュラルのビッグウェイブ」にぶち当たった世代であって、決して若い頃からナチュラルに生きてきたわけではありません。青春時代、フロンとか甘味料とか保存料にまみれた人工生活を送ってきた後、津波のようにやってきたナチュラルの大波と対峙《たいじ》したのです。

前回、我々は大人になってからＩＴに接したと記しましたが、「ナチュラル」という現象についても、また同様。ナチュラルの波はＩＴの波と同時期にやってきましたので、そこで我々の対応力が試されました。

そんな中で奥田民生は、ナチュラルの波を上手に乗りこなした印象です。対して、長じて後に「美魔女」となったような人々は、老化という自然の大波と真っ向勝負して、非ナチュラルの道を貫く生き方をしたと言えましょう。

では自分はと考えてみますと、どっちつかずであったことよ、と思うのです。ラクなことは好きなのでナチュラルブームは歓迎しましたが、かといってロハスとかビーガンとかはどうでもよく、やっぱペヤングはたまに食べたくなるよね、というスタンス。さらには、男は作務衣にタオルでもいいだろうけれど、女があまりにもナチュラルだとモテないのではないか……というバブルっぽい不安感にも襲われたため、貫頭衣的な徹底的にラクな服は着られなかった。かといって、女性性が強すぎる服もまた「バブル出身」がバレそうで着られず、ナチュラルブーム以降ずっと、何を着ていいのかわからない状態が続いているのです。

　バブル期を思い返してみますれば、私が会社員となった時、そこで流行していたのはフューシャピンクという色の口紅でした。これは、青みがかった派手なピンク色。各ブランドからこの手の色の口紅が発売されており、フューシャピンクのリップにマリンブルーのアイシャドウなど施せば、極楽鳥のような顔面に仕上がりましたっけ。ナチュラルブーム到来前というのは、各化粧品メーカーが季節毎に、「今季のメイクはこれ」という明確な指針を打ち出していました。アイシャドウも口紅も、「この色」を塗っているということが、はっきりわかるメイクだったのです。それも、南洋の花の色とか特殊な鉱石の色とか、日本人の生活の中には存在しないような色味が推奨されていた。

　メイクも服装も髪型も、このように非ナチュラルな人工感がバブルの魅力でしたが、そんなファッション感覚も、バブル経済が去るとともに崩壊します。前髪をトサカのように立てたり肩パッド入りの服で周囲を威嚇したりする婆娑羅《ばさら》系ファッションは、一時夢中になるには楽しいけれど、長く続けるのは疲れてしまう。人々はまさに肩の力を抜きたくなって、肩パッドを捨てました。

化粧の世界で言えば、「この色を塗っています」とわかるような手法は廃れました。唇の色を濃くしたような口紅が重宝され、アイシャドウもナチュラルカラーが中心に。手先が器用な日本人は、超絶技巧を駆使することによって「ナチュラルメイクに見えるフルメイク」も開発していきましたが、それは自然を完全に管理していながら自然そのままのように見える枯山水の庭と同じ。「非ナチュラルメイクはモテない」ということがわかった日本女性は、素顔よりナチュラルに見えるメイク法を、開発し続けることになります。

ナチュラルブームは、ファッション面のみならず、生活のあらゆる分野にやってきました。食生活にしても、

「週末、香港に上海《シャンハイ》蟹を食べに行こうよ」

といった行為はナリを潜め、

「やっぱりうちで作った梅干しと玄米が美味《おい》しい」

の方向へ。

話を「奥田民生になりたいボーイ（以下略）」に戻すと、コミックスの中でボーイはある時、オーガニックフード（高い）好きのガールに対して、ついていけない思いを抱きます。なぜなら彼は、奥田民生の、

「メシも別にマズくてもいい」

　という発言に対して、

「『こだわることの不自由さ』を民生は知っていたのだ！」

　とリスペクトしているから。

　その昔、食へのこだわりなどというものは、魯山人《ろさんじん》とか檀一雄《だんかずお》といった特別な人たちだけのものでした。が、バブルの時代に「こだわり」のビッグバンが到来。庶民も「こだわり」を口にするようになったわけです。

　しかし「週末、香港で上海蟹」的な贅沢へのこだわりにうんざりして、人々はナチュラル路線へ。そうすると日本人のおたく気質がそちらの方面でも弾け、ナチュラルへのこだわりが深まり続けて、今に至ります。

　ボーイは、二リットルの水のペットボトルが四百円もするグローサリーストアで買い物をするガールに嫌われたくなくて、「フツーのスーパーでもぜんぜんおいしい」と思っているのに、買い物の代金を支払ってしまいます。マガジンハウス的なオシャ

レは、「そっちの方」すなわちナチュラルへのこだわり方面を向いているわけですが、

だからこそ奥田民生の、

「メシも別にマズくてもいい」

という発言は、恰好良く思えるのでしょう。

私の場合、若い人の前では、

「どうせ食べるなら、少しくらい高くても美味しい方がいいよねぇ」

といった発言をしてしまうと、

「バブルって感じですね」

という例の反応がかえってくるのではないかと思って、つい口ごもる身。そんな世代の奥田民生があえて、

「メシも別にマズくてもいい」

　と言うのは、同世代からしても恰好いいし、ナチュラルというこだわりに縛られる世代からも恰好良く見えるようです。

「奥田民生になりたいボーイ（以下略）」の原作の主人公は三十五歳ということですが、原作本の出版当時での三十五歳としたならば一九八〇年生まれ、そして作者がモデルと考えるならば一九七五年生まれという感じで、一九七〇年代後半／昭和五十年

代前半生まれの男性のお話ということになりましょう。彼等が小学生～中学生の頃にバブルは崩壊していますので、その影響は受けずに成長し、大学卒業時には就職氷河期、という世代。

そんな世代が、頭にタオルを巻いた作務衣姿の奥田民生に憧れるのは、よくわかります。頑張ってもどうにもならない世の中で、この人は何だかラクそうに、楽しそうに生きている……と。そう、彼等は奥田民生がＵＮＩＣＯＲＮ時代にフロン入りスプレーで髪を立てていたことを知りません。そして景気が良かったからこそバンドが次々とデビューできたバンドブームがあり、結果的に我々世代にミュージシャンが多いということもまた、知らない。

奥田民生は、バブルを体験した上でのナチュラル。対して奥田民生になりたいボーイは、ナチュラルで普通、という中で育ってのナチュラル。両ナチュラルは同じではありませんが、人工の時代を知っている奥田民生の方が、よりナチュラルの価値を知っているような気が、私はしております。

ナチュラルブームというものは、バブル崩壊以降、今に至るまで延々と続いています。あえて肩パッドを入れたりトサカを立てたりするより、ナチュラルはずっとラク。ブームが長く続くのも理解できるところです。

イメージのみで考えると、肩パッド&トサカ時代の人は、ナチュラルな人より性格も強くてアグレッシブな印象があるものです。ナチュラルブーム以降の人は、性格もほっこりまったり穏やかなのでは、と。一時、「森ガール」といわれる女の子達も流《は》行《や》りましたが、身体のラインを隠し、色気もアピールしないファッションの彼女達は、ボディコンの女とは違って、異性にもガツガツしないと思われたものでした。

しかし、「ほっこりファッションの人は性格もほっこり」というのは間違いなのではないかと、私は思います。ファッションのイメージとその人の性格は、必ずしもリンクするものではない。ナチュラルなほっこりファッションの女性でも、上昇志向がやたらと強かったり、異性に対しては野獣系であったりすることが、しばしばあるのです。単に時代のノリでボディコンを着ていたバブル女よりも、ほっこりさんの方がよっぽど強かったりもする。

また、ボディコンだのギャル系だのといった、女性性を強くアピールするファッションは、年をとると続けにくいため、いずれ転向を余儀なくされるのですが、ナチュラルなほっこりファッションは、いつまでもその道を追求できる。また、ナチュラルの道はある種の宗教性のようなものへと通じているため、強い思いでほっこり道を歩み続けることによって、ナチュラルな事物に対する信奉がどんどん強くなり、ほとんど神がかってくる人も。そのファッションに似合わず性格が頑強になっていく女性達は、私の周囲で「ほっこり鬼」と呼ばれております。

そんなほっこり鬼達は、若さへのこだわりも、意外に強いのです。バブル世代が「いつまでも若く」思想の捕囚であるということは、以前にも書きました。が、我々より年下のほっこりさん達も、我々とは異なる形で若さにこだわっている。

ほっこりファッションは体形をあらわにしないので、多少の衰えはおおい隠すことができる。メイクはしないので肌もつるっとしており、それに帽子などかぶると顔面が隠されて年齢不詳……。バブル女が、女性性を前に押し出す方向であるのに対して、ほっこりさん達は女性性を隠すことによって「いつまでも少女のままで」という、不敵な目標を掲げるのです。

ナチュラル志向なので髪は染めないのかと思いきや、吉川晃司ほどの思い切りは無いらしく、白髪が出ればちゃんと染めているほっこりさん達。そんな姿を見れば、「ナチュラル世代はナチュラルであるだけに、老化との折り合いの付け方に、悩んでいるのだろうなぁ」と思うのでした。

非ナチュラルな青春時代を過ごした我々は、大人になってからは、それぞれの道を歩みました。徹底的に老化に抗い続ける！　と、非ナチュラル道をつき進む美魔女もいますし、奥田民生や吉川晃司、はたまた女性で言うなら小泉今日子（ちなみに奥田・吉川と同学年）のように、老化を受け入れる姿勢を見せることによって「恰好いい」と評価される人もいる。

若い頃に人工の空気をたっぷり吸い込み、その恩恵も享受したからこそ、ナチュラルのありがたみがよくわかる我々。対してナチュラルしか知らない世代の人達は、ナチュラルを非ナチュラルなまでに追求することに、疲れているのではあるまいか。

バブル期の事物の生臭さが乾いてきて、リバイバルの動きが見える昨今。ついには、フューシャピンクもまた、流行色となったようです。若い世代もフューシャピンクの口紅をぐりぐりと塗り込めて、一度とことん人工気分を味わってみれば、あらためてナチュラルのありがたみがわかってくるのかもしれません。

パンツをかぶる男達

二〇一七年に引き続き、不倫ブームだった二〇一八年。斉藤《さいとう》由貴《ゆき》さん、山尾《やまお》志桜里《しおり》さんなど中年既婚女性の不倫も、話題になりました。

彼女達のニュースを見て、「立派だ」としか思えない私。山尾志桜里さんのお相手はうんと年下の男性だったというし、斉藤由貴さんはまさに私と同い年というのに、ずっとモテ続けている。

斉藤由貴さんとは一度、対談したことがあるのです。身体は引き締まり、顔は私の半分くらいの大きさ。並んで撮った写真はまるで、敗戦後のマッカーサーと昭和天皇的なツーショットでした。

だからこそ、「そりゃあモテるでしょう」と思っていた私。不倫報道の時は、むしろ賞賛を送りたいくらいだった。

周囲の同世代女性の声を聞いても、「不倫、けしからん!」と怒っている人はいません。その年頃の既婚女性と言えば、結婚してから長い時が経って、セックスレスライフもどれほど続いているかわからない。子育ても一段落して、「可能であれば私だって不倫したい」と思っているのです。

不倫の是非よりも私が「嗚呼《ああ》」と思ったのは、斉藤由貴さんの不倫相手とされる五十代医師が、女性もののパンツを頭にかぶった写真を見た時でした。写真週刊誌に流出した、パンツかぶり写真。たいそう恥ずかしい写真であることは確かですが、私はそれを見て、何とも我々世代らしい行為だ、と思ったのでした。今の若者はこんなことをしないだろうよ、と。

さらに思ったのは、「昔の五十代は、パンツをかぶったのだろうか」ということです。恋に堕ちるということは、一種の狂気。何歳であろうと、恋愛中に無茶なことや恥ずかしいことをしでかした人は、かつてもいたでしょう。が、昔の五十代は、パンツはかぶらなかったのではないか。

パンツは、昔から日本人がはいていたものではありません。皆が着物で暮らしていた頃は、男は褌《ふんどし》、女は腰巻き。すなわち女は恥部を布で覆わないという、今の感覚で言えばノーパン状態だった。

洋装がどっと日本に入ってきた頃の婦人雑誌を読んでいたら、「日本女性は、ズロースをはくようになってから、しとやかでなくなった」といったことが書いてありました。着物の頃は、裾が乱れぬようにと行動していた日本女性が、洋装になってズロース（パンツのこと）をはくようになって、良く言えば元気に、悪く言えばガサツになったのでしょう。

　そして日本女性がズロースをはくようになって、日本の男性は妙な興奮を覚えたのだと私は思うのです。腰巻き時代、女性器は「いつでも見られるもの」だったからこそ、反対にあまり見たくならなかったのだと思うのですが、その部分がズロースによって覆われると俄然《がぜん》、「見たい」という気分が醸成された。中身のみならず、女性器を覆うズロースそしてパンツに対しても、興奮するようになったのではないか。

　我々が子供の頃に流行《はや》ったスカートめくり、そして犯罪だとわかっていても好きな人は止められないらしいスカートの中の盗撮行為などは、女性のパンツに対する飽くなき憧憬《しょうけい》の表出なのでしょう。中でも特に、我々世代はその手の気持ちが強いのではないかという気がしてならないからこそ、私はあのパンツかぶり写真を見て「嗚呼」と思ったのです。

　何故我々は、パンツへの思いが強いのか。その源は、マンガにもあるように思います。我々が子供の頃は、少年マンガ、少女マンガともに、読者をぐっと増やした時代。

私は兄がいたので、少女マンガは一切読まずに少年マンガばかり読んでいたのですが、小学生の頃には少年ジャンプ、少年マガジン、少年サンデー、少年チャンピオンと、人気誌が出揃って、それぞれしのぎを削っていました。

少年マンガ誌ではスポーツものがやはり人気でしたが、同等もしくはそれ以上の人気だったのは、シモ系ギャグマンガ。ジャンプには「ハレンチ学園」（永井《ながい》豪《ごう》）や「トイレット博士」（とりいかずよし）。チャンピオンには「がきデカ」（山上《やまがみ》たつひこ）。サンデーには「まことちゃん」（楳図《うめず》かずお）等、エロ系かスカトロ系か等の違いはあれど、各誌にシモがかったギャグマンガが連載されていたものです（マガジンについては、兄が読んでいなかったのでよく知らない）。

子供は、シモネタが大好き。私も、「ドカベン」のような野球マンガはどうでもよかったのですが、シモ系ギャグマンガには夢中になりました。親達は眉《まゆ》をひそめただろうけれど、「ハレンチ学園」のハレンチぶりにドキドキし、「マタンキ！」とか「七年殺し！」とか「ビチグソ！」などと叫び（知らない方は近くの五十代に聞いてみてください）、ちんまん系、うんこしっこ系、それぞれを欲する気持ちを充足させていたのです。

中でも私は「がきデカ」が好きでしたが、これはいつも警察官の恰好《かっこう》をしている小学生男子の話。彼は何かというと性器を露出したりするわけで、現在の少年マンガ誌でこのような連載は可能なのだろうか、と今にして思う不条理シモエロギャグマンガだった。

この頃、世は既に子供を消費者として見ていたのです。シモ系マンガを投入すれば、男子は大喜びしてマンガ誌は売れる。少年マンガ誌の激烈な競争の下、シモ系ギャグも研ぎ澄まされていきました。

そんなシモギャグを浴びながら育つ中で、我々は「シモっぽい悪ふざけをする」という習慣を身につけていきました。スカートめくりもその一つでしょうし、「ウンコ」「ウンチ」には、いちいち過剰反応。学校で排便するとはやされたりいじめられたりといった事象は、我々くらいから発生したのではないか。

もちろん私も、そっちの方面には熱心でした。

「『つけなうよの桃』って、逆から読んでみて！」

と友人に強制したり、

「私が歌う後に続けて歌ってね！」

と言い、

「あサテ、あサテ、あサテサテサテサテサテ、サテはなん」

まで歌って後を友人に歌わせようとしたりと、少女マンガしか読んでいないような清い友人達をもてあそんだ。

そんなわけでパンツをかぶるという行為も、実に我々世代らしいと思うのです。一九九〇年代前半には「究極!!変態仮面」というマンガが少年ジャンプに連載されました。女の子のパンツをかぶると、正義の味方「変態仮面」に変身する男子高校生が主人公のこのマンガ。作者のあんど慶周《けいしゅう》は我々世代ということで、やはり「ハレンチ学園」的マンガを読んで育ったのではないかと思われる。パンツをかぶることはやはり、我々世代の得意な行為なのです。

そんな行為を大人になってからついしてしまった上に写真に残し、あろうことか写真週刊誌に載ったのは悲劇としか言いようがありませんが、しかし私は、「わかるよ」と言ってあげたい。だってそういう世代だものね。そこに好きな女性のパンツがあったから、かぶらずにいられなかったんだよね、と。

まともな大人であれば、好きな人のパンツが何枚手元にあろうと頭にかぶらないだろう、という意見もあることでしょう。お説ごもっともなわけで、何も言い返すことはできません。そこでさらに思うのは、我々は大人になるきっかけを失った世代である、ということ。

私達は、若い頃に、戦争や大きな災害といったものに遭遇していません。バブル後の不景気は社会人になってからやってきたということで、大人になるための通過儀礼のようなことを、体験していない。

子供の頃は高度経済成長期、そして若者時代はバブル。世の中はずっと平和で、ずっと右肩上がりであることを信じて若い時代を過ごしたせいで、大人になる必要性を感じることがありませんでした。大人などという面倒くさそうでダサい存在にならなくとも、じゅうぶんに生きていくことができたのです。

若者文化は、常に時代の中心にありました。新しい流行、新しい消費のきっかけを作るのが若者。世の中が「若者って、すばらしい！」「若者がしていることが最高だ！」と若者礼賛してくれる中で成長したので、「いつまでもこのままでいいんだー」と、思っていた。

そんな中、男子（そして私）は「マタンキ」「ビチグソ」が頭にこびりついたまま大人になったので、五十になってもパンツをかぶりかねないわけですが、まっとうな女子は、少女時代からさんざ、恋愛マンガを読んでいた人が多い。だからこそ、いくつになっても恋をしていたいという思いを捨てることができないのかもしれません。遅刻しそうになってトーストをくわえたまま走っていたら角で自転車の男の子とぶつかって、学校に行ってみたらその子は転校生として隣の席にやってきてやがて……といった運命的な出会いを、大人になっても夢見ている、中年女子達。「モテる人がえらい」「恋をしていないと惨め」といった思考は、少女マンガによって植えつけられた部分も多いのだと思う。

してみると斉藤由貴さんの不倫は、我々世代の典型的メンタリティーを持つ二人が出会った結果だったのかもしれません。いつまでも恋に積極的な女性と、よく言えば「いつまでも少年のような」男性が中年期に出会ってしまったからこそ、あのような写真が流出するという悲劇が生じたのでしょう。

いつの時代においても、男性は「大人になっても少年のよう」なのだと言います。またその方が女性受けが良かったりもする。しかしそれはあくまで、精神的な面での少年のような純粋さ、一途さが賞賛されるのです。エロギャグ大好き、といった幼児性が素敵なわけではないのだけれど、我々世代はその辺を持ち続けても生きていくことができる幸せな時代に生を享《う》けたのでしょう。シモネタを苦手とする人が多い若い世代からも眉をひそめられていることに気づかず、彼等は自分達の〝男子〟っぷりを披露してしまう。

マンガを読むという習慣自体、我々は大人になっても捨てることはありませんでした。子供の頃に少年マンガ誌で読んだマンガ家達は、大人になってみたら青年マンガ誌でも連載していたので、マンガ購読をやめる理由はどこにもない。電車の中で大人がマンガを読んでも、日本では何ら恥ずかしくないのです。

そんな世代が結婚して子をなすと、子供ととても仲良くなることができます。我々が子供感覚で生きているからこそ、自分の子供とも子供同士のように仲良くすることができるのでしょう。

友人達を見ていても、子供からニックネームで呼ばれたり名前を呼び捨てにされていたり、またいつまでも一緒にお風呂《ふろ》に入っていたりと皆、友達のような親子関係を築いています。子供が大きくなっても親子一緒にアイドルのコンサートや旅行に行ったりできるのは、親世代の興味対象が、若い頃のままだから。

我々の親世代は、まだ「親の方が偉い」という感覚を持っていました。互いの領域には入らないという暗黙の了解もあったように思います。

対して我々は、年はとっても心は若い、というより幼い。だからこそ子供の領域にどんどん入っていっても楽しいし、中年になっても「男子」「女子」であり続けようとするのです。

我々がなかなか大人になることができないのは、平均寿命にも関係しているように思います。「人生五十年」の時代、五十代の男性は絶対に、パンツを頭にかぶりませんでした。その時代はまだ「パンツをかぶる」という発想そのものが無かったかもしれませんが、「ほどなく人生の締めくくり」という思いを持つ人がパンツなどかぶってしまったら、それまでの人生そのものを否定することになってしまう。

人はどうも、「この先、まだまだ生きる」と思うと、まとめに入る時期を先に延ばそうとする生き物のようです。今の五十代男性は、様々な老化を実感しているでしょうし、「意外にもうすぐ定年だ」と思うかもしれませんが、「もうすぐ死ぬ」とは思っていません。「とはいえ、人生はあと三十年くらいあるんだろうしなー」と、どこかで余裕を持っているが故に、パンツをかぶってしまうのではないか。パンツをかぶったまま死ぬとは、決して考えないのです。

女性の方は、さらに深刻です。現時点で男性よりも平均寿命は六年ほど長いわけで、人生のゴールはさらに遠くにある。だからこそ私達は、

「いつまでも若くありたい」

「いつまでも恋をしていたい」

などと言うわけですが、いくら恋をしたいといっても、お相手の男性は次第に少なくなってしまうわけで、イス取りゲームはどんどん壮絶に……。

私も、「自分はいつになったら大人になるのだろうか」と思いながら、ずっと生きてきました。どこかでポッと大人という生き物になるのかと思っていたら、三十になっても四十になっても、延々と自分の中に「マタンキ」「ビチグソ」的な要素が渦巻いている。

もちろん口では、

「この年になると」

「私のようなおばさんは」

と言いますし、身体の老化もひしひしと感じているし、食事会では上座に座らされたりもするのです。しかし心の中には未《いま》だ、「がきデカ」の価値観が存在し続けている。

先日も、とある子宝系の神社に行った折、陽物と女陰を見事に具象化して棒付きキャンデー状に仕上げた「子宝飴《あめ》」というものを門前で見て、子宝はもういいのだけれど、どうしても買わずにいられなくなってしまいました。そして同世代の友人に、明らかな〝いやげ物〟として謹呈。

「あなたも五十代でしょ！」

と言われつつも、互いにニヤニヤが止められなかったのです。

そのニヤニヤは、子供の頃に「がきデカ」を読んでいた同志だからこそのもの。斉

藤由貴さんはかつての不倫の時、お相手について、

「同志みたいな感じです」

という名言を残しましたが、もっとくだらない部分で、市井に生きる同い年の庶民も同志感を分かち合っているということを、ここにご報告しておきます。

根性にうっとり

企業で働くキャリアウーマンの同級生達と食事をしていたところ、彼女達が部下についてしきりにブツブツと愚痴を言い合っていました。その内容は、ひとことにまとめるならば、

「頑張りが足りぬ」

ということ。

私はその言葉を聞いて、少なからぬ驚きを感じました。彼女達は「頑張り」はもとより、「気合い」とか「根性」といった文字が全く似合わない青春を送ってきました。この世代ですから、もちろんディスコにおいて、

「イェーイ！」

などと踊っていた人達でもある。その彼女達が今になって、部下に対して「頑張りが足りぬ」とは、これいかに。

その辺に関しては、彼女達にも自覚はあるようです。

「どの口で言うんだ、っていう話ではあると思うのよ。でも自分が上に立ってみてわかったのは、私達って『根性を出せば物事、どうにかなる』って思っている最後の世代であるのに対して、部下達はそんなことをピクリとも思っていないってこと！」

ということなのだそう。

彼女達の場合は、たとえば仕事が少し残っていたならば、「もうひと頑張り！」と、自らを鼓舞して仕事を終わらせてから、家路につく。しかし部下達は、

「それを自分が今日中に終わらせないと、他の人がかぶらなくちゃならないっていう仕事でも、しれっと帰ったりするのね。それをかぶるのが上司である私であっても平気っていうのが、私からすると理解不能！」

なのだそうです。

会社とプライベート、どちらを優先するか。この問題は、いつの時代も、若い会社員をはかるリトマス紙となっていました。私の少し上、「新人類」と言われた人達くらいから、「最近の若手は、残業（もしくは、上司からの飲みの誘い）よりもデートの約束を優先させる」といった言説が目立つようになってきたのです。

我々もまた、若い頃は「最近の若い者は、残業よりもデートを……」と言われてい

ましたが、しかし人は年をとるにつれ、変化します。我々も年をとってキャリアを積むことによって、

「自分が頑張らねば誰が頑張る！」

と、まるで若い頃から頑張り続けてきたような気分が噴出するようになったのです。


私達が小学生・中学生だった頃はまだ、うさぎ跳びの時代でした。今となっては身体に悪影響を及ぼすとされて誰もしていないうさぎ跳びですが、当時は脚力を鍛えるためというよりは、根性を養成するために、盛んに行われていたのです。


運動中に水を飲んではいけないという指導も、運動部においては当たり前でした。

「喉《のど》の渇きなんぞに負けぬ」という精神力を涵養《かんよう》するための指導と思われますが、もちろん今は、運動中に水分摂取を禁止する指導者は絶滅。


そんな我々世代は、アスリートの世界でも最後の根性論者です。スポーツ中継を見ていても、我々世代以上の人が解説者だと、肝心なところで、

「最後は気持ちですよ、気持ち！」

などと、わけのわからないことを言い出すことになっている。


昔は運動部において、暴力による指導も「愛情」とされていました。鉄拳制裁の現場における定番の発言は、

「殴る方だってつらいんだ！」

というもの。

私は大学時代に体育会の部に所属していましたが、そこでもその手の指導は、当然のように行われていました。ＯＢなどに殴られてムーンとした雰囲気が横溢《おういつ》しても、当時は誰も反抗することができなかったのです。そして「暴力に耐えた」ことが、仲間うちに戦友意識を芽生えさせた。

対して、今はどうでしょう。最近、スポーツ界においても様々な問題が明るみに出ていますが、先輩やコーチ、監督が選手を殴ったりしたら、大問題になるのは必至。毎試合、子供の勇姿を見にくる保護者の皆さんも、黙っているはずがありません。

殴られて育った人とそうでない人の間には、世代差以上の溝があります。「理不尽に耐えた」という事実は、人に一種の誇りのようなものを与える。彼等は殴られる、怒鳴られる等の苦い体験を燃料として、「自分には根性がある」という自信を身につけました。

その手の軍隊調の教育は、運動部に入っていない人にも、影響を与えていたように思います。スポ根もの（若い方に注：スポーツ&根性で「スポ根《こん》」。「すぽね」ではありません）のアニメやドラマを通して、「根性を出して頑張れば、その先にきっと良いことが待っている」という精神は、この世代の隅々まで、確実に浸透していたのではないか。

当時は、日本経済も「頑張りさえすれば、業績は上がる」というムードに覆われていました。敗戦後、高度経済成長期を経て、日本は右肩上がりの経済成長を続けます。私が中学生の頃には、アメリカの社会学者が書いた『ジャパン・アズ・ナンバーワン』という本がベストセラーに。戦争によって完膚なきまでに打ちのめされた日本が、とうとう経済分野において、アメリカ人に「ナンバーワン」とまで言われるようになった。……と、それまで頑張ってきた大人達は感無量だったのではないか。

こうして私達は、「私生活での多少の犠牲を払ってでも根性を出して頑張れば、良い結果がついてくる」と、まだ柔らかな心に刷り込まれて育ったのです。膝《ひざ》の痛みに耐えてうさぎ跳びをすれば、同じ苦しみを味わった者同士、一生ものの友情を育むことができる。水を我慢して練習すれば、試合に勝つことができる。そして睡眠時間を削って勉強すれば、良い学校、良い会社に入って、幸せになれるのだ、と。

だからこそ私達は、大人になった今、仕事の現場においても、

「最後は、気合い」

といったことを思いがちなのでしょう。

私は組織に属していませんので、下の世代と仕事の上でぶつかることは、あまりありません。が、私もやはり、「根性出す」のは、嫌いではない。私の文章のベースにあるのは、他ならぬ根性である気がします。

たとえば私は必ず締め切りを守るタイプなのですが、私に締め切りを守らせているのは、やはり「根性」です。深夜まで調べものをしたり書いたりしながら、頑張っている自分にうっとりすることができるからこそ、締め切りに遅れない。

もっと若い世代であれば、「遅くまで頑張っている自分」に陶酔などしないことでしょう。無理しなくては書くことができない仕事は断るか、無理などしなくてもいいように、最初から計画的に仕上げていくのではないか。

私は、夜なべして書いた原稿を編集者さんに送り、

「いやー、根性出しちゃいましたよー」

などと、自慢げに言います。その時、相手の編集者さんが同世代もしくはそれ以上の場合は、

「酒井さんすごい！　締め切り通りで本当に助かりますよっ！」

などと、こちらの「根性出したぜ！」という達成感を、過剰に賞賛してくれることになっている。根性世代の阿《あ》吽《うん》の呼吸というものが、そこにはあります。

対して世代が下の編集者さんの場合は、「根性」という言葉にキョトンとしている様子。「いや別に、それほど無理して締め切りを守っていただかなくても、当然ながらスケジュールには少し余裕ありますし。無理やり仕上げるよりも、冷静な頭で面白く書いてもらう方が、こちらとしても有難いんですけど」という感じではないか。かくして「この根性を、褒めてほしい」というこちらの感覚は、空振りするのです。

自分の根性や気合いに陶酔する感じ、それはヤンキーの感覚と通じています。

「ヤンキー美学の中心に『気合』がある」

とは、精神科医の斎藤環《さいとうたまき》氏による『世界が土曜の夜の夢なら　ヤンキーと精神分析』（角川文庫）の一節ですが、気合いによって仲間との共通体験を作り上げ、共通体験の濃淡によって友情の濃淡が決定する……といった我々世代の傾向は、そのままヤンキーの傾向でもある。

我々の中高生時代、それはヤンキーの時代でした。当時の東京に「ヤンキー」という言葉はまだ無く、「ツッパリ」と言われていた彼等は、各中学・高校に遍在していました。今のヤンキーは、外見的にはＥＸＩＬＥのようにおしゃれっぽく薄められた姿で生き続けていますが、当時はカルピスの原液のような濃厚な味わいで生息していたのです。

私の場合、ヤンキー的要素を持たない若者ではありました。暴走族に対しても竹の子族に対しても、「自分とは違う人達」と思っていたのです。

しかし彼我の違いは、単なるファッションセンスだけだったのではないかと、今となっては思います。制服のスカート丈を長くしたり、学生鞄《かばん》をつぶしたりするズベ公ファッションに対しては「ダッセー」と思っていたけれど、

「気合い入れてくよっ！」

という時代の空気には、私もちゃんと覆われていた。頑張ることは、良いこと。根性出せば、明日は明るい。……と当たり前のように思っていた私達は、平成になってから「頑張らない」という生き方が賞賛されたりするとは、思ってもいなかった。

ヤンキー感のベースにあるのは、「集団で生きることを是とする感覚」であるように思います。いや待て、学校という集団教育に反発したのがツッパリだのヤンキーだのではなかったか、という意見もありましょう。しかし彼等は、学校教育に馴染《なじ》まずにドロップアウトしても、必ず暴走族などの組織に属した。その組織は、学校などよりもずっと厳しいヒエラルキーを形成していたのであり、ヤンキーは基本的に、集団と上下関係を好みます。

現在でも、ヤンキー系の人々は早めに家族という集団を形成する傾向にあります。

そうでない場合は、EXILEなどのように擬似家族的な集団に属しがち。HIROさんのようにカリスマ性の強いヘッドがいれば、ヤンキーは喜んで群れるし、いくらでも根性を出すのです。職務上の先輩や上司を、「おやっさん」「兄貴」などと家族のように呼びたがるのもまた、彼等の特性。

　話は最初に戻って、私の友人のキャリアウーマン達の部下である若者達が根性を出さない理由とは、ざっくり言うなら、彼等の中にヤンキー要素が全く無いからなのだと私は思います。EXILE系の人達のように、ヤンキー要素が濃厚な若者は今も少なくありませんが、一方では集団の幸福よりも個人の幸福を重視するという、ヤンキー度が極めて低い若者も増えているのですから。

　私の友人もまた、若い時代にツッパリでもヤンキーでもなかったけれど、ヤンキー色の時代に、ヤンキー色の空気を吸って生きていた人達。「最後は根性出して、集団のために生きる」ということにうっとりできる種子を持っていたから、それが大人になって花開いた。

　対して、彼女達の部下である若者は違います。リアルな生活において群れなくても、ネットでいくらでも仲間をつくることができる。プライベートを削って集団のために尽くすことに、意味を見出《みいだ》せないのです。

では、「集団のために、歯を食いしばって頑張る」的な文化は、これからすたれる一方となるのでしょうか。それとも、今はさっさと会社から帰っていく若者達も、おじさん・おばさんになったら歯を食いしばるようになるのでしょうか。

おそらくこれは、昔から存在し続ける問題なのだと思います。ヤンキー性というのは、日本人の国民性と言ってもいいと私は思っており、たとえば江戸時代の侍達は、殿様をヘッドに戴《いただ》くヤンキー集団。彼等は「ヘッドのためにはいつでも死ぬ」といった思いを抱き、何か失敗すると小指を切断、じゃなくてすぐ切腹。「無理して根性を出すほど偉い」といった感覚は、ヤンキー感バリバリです。

明治になって天皇の権威が強められれば、今度は天皇をヘッドとする軍隊がヤンキー化。尋常ではない無理をすることが、誇りや強さの源となったのではないか。

第二次世界大戦に負けて、日本の正調ヤンキー道を継承する組織は解体されたかと思いきや、今度は企業が精神面でのヤンキー性を引き受け、脈々と保ち続けました。

しかしここにきて、時代は変わりました。「根性出せ」「無理しろ」という企業は、ブラックと言われるように。働き方改革がさらに進めば、集団で無理することにうっとりする企業のヤンキー性も、消えることでしょう。ヤンキーの灯を守るのがせいぜいＥＸＩＬＥ ＴＲＩＢＥくらいになった時、日本はたいそうスマートな国になるに違いない。

おそらくその時、我々世代は老人となっています。理性やデータではなく、根性で何事もどうにかなると思っていた最後の世代である私達は、企業のＯＢ・ＯＧ会などで、

「営業が足で稼がんでどうする！」

などと、延々とクダを巻き続けるに違いありませんが、もうそんな声に聞く耳を持つ人は、どこにもいないのでしょう。

オタク第一世代

小学生の頃。休み時間になる度に、教室の端っこの方で、何やら熱く語っている数人がいました。

今で言うところのスクールカースト的に考えるならば、その子達は、目立つところには位置しないグループ。成績は良い方だけれど、おしゃれやスポーツには興味が無い。普段は無口だけれど、仲間うちである種の話題になると、ものすごく饒舌《じょうぜつ》になることが見てとれる。……という感じ。

その「ある種の話題」とは何かというと、アニメなのです。彼女達は「宇宙戦艦ヤマト」が大好きらしく、自分達をヤマトのキャラクターに模して、

「古代《こだい》！」

「艦長！」

などと呼び合ったりしていた。

体育が好きで算数が嫌いな、つまりはごく普通の小学生だった私は、そのグループに対して、何とはなしの違和感を覚えておりました。私も「宇宙戦艦ヤマト」は知っていたけれど、特に興味は無かった。ヤマトのみならず、それまでアニメでも小説でも、何かの作品に「夢中」になったこと自体、無い。そんなわけで、彼女達の夢中ぶりを見ていると、彼我の間には何か薄い膜のようなものがあって、今後も決して交わり合うことは無いような気がしていたのです。

彼女達は、ちょっとだけ特殊な話し方をしていたことも、印象に残っています。話し方と言うよりは発声法なのかもしれませんが、喉《のど》の浅いところから声を出して、口先で言葉をくるくる回していくような感じ。決して大声を出したり腹から笑ったりせず、かなりのスピードで、そして一定のリズムで語り続ける。その発声法に対しても私はそこはかとない違和感を覚えていたものです。

それから、幾星霜。「ヤマト」が好きだった子達とは、その後も深くは接触せずに、私は生きていきました。そしてじゅうぶんに大人になった後、とある友人の結婚式に出席した時のことです。

その友人は、お見合いをして、理系の研究者と結婚することとなりました。

「アニソン好きっていうのが気になったけど、こういうオタクがかった人なら浮気しないだろうと思って、結婚を決めたの」
とのことで、友人達からは「賢い選択だ」と賞賛された。

披露宴の席に着くと、同じテーブルには新郎の友人達も座っていました。新郎と同じく、見るからにオタク感溢《あふ》れる彼等は、我々新婦の友人に話しかけるでもなく、ずっと自分達だけで話していたのです。

それは別によいのですが、私が「あ」と思ったのは、喉の浅いところから声を出すような、彼等の話し方でした。その話し方を聞いて、私の中には遠い過去の記憶が、ぐぐっと蘇《よみがえ》ってきたのです。すなわち、

「この話し方って……、ヤマト好きの子達の話し方と同じだ！」

と。

あの独特に聞こえた話し方は、つまり「オタク発声法」だった。ヤマト好きグループの女の子達は、初期のオタクだったのです。

そういえば彼女達は、ヤマトの他に新撰組《しんせんぐみ》も好きで、卒業時の寄せ書きに、「誠」と記された例の隊旗の絵を描いたりもしていました。

「攻め」とか「受け」とか、今で言う腐女子的な思考をもって、当時の彼女達が新撰組を楽しんでいたのかはわからないのですが、「男同士の世界にうっとり」という感

覚は、腐女子のそれと非常に近かったのではないか。

小学生当時、「オタク」とか「腐女子」とかという言葉はまだ無かったので、彼女達のことは「ヤマトとか新撰組とか、ちょっと変わったものが好きな人達」というくくりで捉《とら》えていましたが、この瞬間に、

「あの子達は、オタクとか腐女子の走りだったのね……」

と、思った私。三十年来の謎が解けたというスッキリとした気分とともに、私は披露宴のご馳走《ちそう》を平らげたのです。

アニメの発達に伴い、アニメのことが好きでたまらないという人達が目立ってきた、日本。そんな人達を指す「おたく族」という言葉が登場したのは、一九七〇年代終盤のことだそうです。さらに、男同士の性愛世界を描く物語にグッとくる女性が「腐女子」と言われだしたのは、一九九〇年代のことらしい。

腐女子が、男性同性愛者の物語を好む女性を指す言葉であるのに対して、オタクはもうすこし広い使われ方をしています。「鉄道オタク」「ゲームオタク」等、上にジャンル名をつければ、何かの世界に尋常ならざる興味を抱く人、との意味をなす。

オタクや腐女子の世界では「萌え」の感覚が重要であるわけですが、「萌え」能力には男女差は無いようです。コミケは男女ともに人気のイベントだし、腐女子達の妄

想力は男子のそれを軽く凌駕《りょうが》するとも聞く。が、〇〇オタクの世界において、物品や情報の「収集」がかかわるようになると、そこは男子の世界になってきます。男性は所有という行為が好きですから、物品であれ情報であれ、はたまた経験であれ、好きなジャンルに関しては集めずにはいられないのに対して、女性の場合はそこまで「収集」にがっついていないのではないか。だからこそ「〇〇オタク」の世界にたまに女性が参入すると、珍しがられて「〇〇女子」などと言われ、マスコミに珍重されがちなのです。

「〇〇オタク」の世界は、太古の昔から存在していたものと思われます。武士の世界には、刀を集めずにいられない刀剣オタクがいたでしょうし、農民の世界には、米の収穫量を上げるための工夫に血道をあげる米作オタクがいたに違いない。時代によって「凝り性」とか「マニア」などと名前を変えつつ、昭和の末期に「オタク」という絶妙な名を得て、一種のブレイク状態を迎えたのだと思う。

一九八〇年代は、オタク文化が着実にその勢いを増した時代でした。アニメやゲームはどんどん発展し、そのファンは増加。また八八～八九年に発生した宮崎勤《みやざきつとむ》による幼女連続殺人事件では、犯人がオタクっぽい気質と風貌《ふうぼう》を持っていたことが盛んに報道され、偏った印象とともに、オタクの存在がクローズアップされもした。

しかし事件がどれほどセンセーショナルに報道されても、オタク世界の勢いは止まりませんでした。我々世代が青春を過ごしたのは、大人になってマンガを読み続けても、またゲームをし続けても、何らとがめられなくなった時代。マンガやゲームのために大人に反抗する必要も無かったし、むしろその世界に精通していると、一定の尊敬を得られる時代になっていました。子供のものと思われていた文化を、いつまでも卒業しなくてもよくなったのです。

そんなわけでバブル世代は、オタク第一世代と重なるのでした。一九七〇年代の小学校で、

「古代！」

「艦長！」

と言い合っていた児童と同じ教室には私のような児童がいて、両者はその後、別の道を歩んでいきました。

宮崎勤による幼女連続殺人事件が発生した頃、私はオタク文化への理解度ゼロの大学生でした。体育好きが高じて体育会の部に所属し、ガングロ&ソバージュでモテたい気まんまんの、それは八〇年代末期らしい女子大生だった。当然、宮崎勤事件に関しては「オタク～」と思うのみ。

そんな我々は、いかにもモテなそうな地味な大学生のことを、仲間うちで「マンケン」と呼んでいたものです。

「マンケン」とは、「漫画研究会っぽい人」の意。たとえば、

「これ、○○って人のノートのコピーだって」

「誰それ、知らない」

「そりゃ知らないよ、マンケンだもん」

という感じで使用していたのです。時には、「恋人がいない」というだけで、友人のことを、

「あの子、マンケンだから」

などとも言っていた。

私達は、「マンケン」という呼称を、「オタク」と近い意味を持つ揶揄《やゆ》用語として使用していました。スポーツが得意で日に焼けてモテる学生ほど偉い、と信じ込んでいた我々は、スポーツをしていない大学生の存在が眼中にありませんでした。漫研というサークルも世にはあるらしいが、その手の人達はさぞやモテないだろう。……ということからの「マンケン」であり、「マンケン」と言われることだけは避けたい、という感覚。

今であったら、我々のような学生は、揶揄気味に「リア充」と言われるのでしょう。確かに、SNSにアップする術《すべ》こそなかったものの、当時の私達の頭の中は、リアルライフをどう充実させるかでいっぱいでした。時代はバブルにさしかかっていたので、当時の大学生のお父さん達は小金を持っており、子供達に外車を買い与えたり、苗場のヴィラやハワイのコンドミニアムを買って子供達に自由に使わせたりと、リア充ライフを強力に援護してくれたのです。

リア充大学生達はマンケンを下に見ていましたが、しかし今思えば、マンケン系学生すなわちオタク達もまた、我々のことを「何が楽しいんだ、あいつらは」と見ていたに違いありません。彼等は、アニメであれゲームであれ、自分という枠組みの外側のことを好きになり、耽溺《たんでき》する能力を持っています。耽溺さえしてしまえば、あとは自分などという存在はどうでもいいと思うことができたのです。

対して我々は、恋愛であれファッションであれスポーツであれ、「アタシ」なり「オレ」なりから、離れることができませんでした。自分大好き！　自分がモテたい！　自分がいい思いをしたーい！　……と。自分さえ満足できれば、他人や世の中のことはどうでもよかった我々を、マンケン君達は「？」と思っていたのか、それともハナから無視していたのか。

八〇年代にオタクが存在感を増したことの背景には、アニメやゲームの世界の飛躍的発展があります。が、そんな「アタシがアタシが」「オレがオレが」というギラギラした時代の空気もまた、関係しているような気がしてなりません。

ギラギラした人達は、物質的な豊かさやモテを求めて、右往左往していました。日本社会全体も、モノやカネを求めててんてこ舞いをしていた。そんな時、より繊細なオタク気質の人達は、「なんだかな……」と、非リアルな世界へと去っていったのではないか。

当時はまだネット社会というものは存在しませんでしたから、彼等が入っていったのは、アニメなどの物語の世界。架空の世界に浸かることによって、自分のモテや服装といったことはどうでもよくなるほどの満足感を、得ていたのです。

ギラギラの世界ばかりが注目されがちな、八〇年代。しかしその時代は、オタクの時代でもあります。その後バブルが崩壊すると、我々リア充派は、途端にしょぼんと意気消沈。

対して世界はIT革命で激変し、オタク達はネットという水を得た魚と化します。ネットの大海の中で彼等は生き生きと動き、そこには新たなビジネスチャンスも発生するように。

八〇年代リア充派は、ネットの世界にはうまくついていくことができませんでした。学生時代のリアルライフがいくら充実していたとて、ネット社会では役には立ちません。せいぜい体育会時代に鍛えた体力で「足で稼ぐ営業」をしたり、理性をかなぐり捨てた宴会芸を披露して、ウケを取るくらいだったのです。

対してオタクは、今も社会的地位を高め続けています。アニメなどは日本の重要な産業となり、もうサブカルではなくなってきました。「マンケンとかって馬鹿にして、すみませんでした……」と、今にして心の中でそっと謝る私なのです。

しかしこのまま日本のオタク化が進んだ時に心配になってくるのは、生殖関連の問題でしょう。モテだのカネだのといった生々しいものが大好きなリア充派は、モテたら素直にセックスしたり子供を作ったりするという、生物としての本能に素直な旧来型の人間。対してオタクの人々は未来的人間なので、生殖活動に対してあまり興味が無さそうです。

彼等にも性的衝動はありましょうが、その対象は生身の異性でなくてもよいのだそう。オタクの人達は自分への興味が薄い分、「自分の遺伝子を後世に残していきたい」という利己的な欲求も弱そうではありませんか。

日本の少子化の問題と、オタクの増加は関係していそうですが、政府は保育園問題で手一杯で、そのことに気づいていないフリをしています。オタク第一世代と負け犬世代は実は同世代で、私の友人のように両者がカップルとなれば最も理想的なのでしょうが、なかなかそうもなりません。

「好き放題生きた結果、子孫が残らない」という部分では共通している、オタクと八〇年代リア充派。うんと年をとった後、施設でまた、両者は顔を合わせることとなるのかもしれません。

気がつけばリストラ

ある飲み会で、団塊世代の男性から、

「酒井さん達の世代が今、企業ではお荷物扱いされてるんだよね〜」

と、ものすごく嬉《うれ》しそうに言われました。さらには、

「バブルで大量に採用されたはいいけど、五十代になってみると、大量にいるだけにポストが無い。無理に役職をつけても、部下はいない。どの企業も、バブル世代をどうやって減らそうかって考えてるよ」

とも。

確かに昨今、「バブル世代」と「リストラ」、二つの単語が並ぶニュースが目につきます。メガバンクや大手百貨店等で、バブル世代を対象としたリストラ策が進んでいる模様。企業において、バブル世代がまだ若手や中堅だった頃は兵隊として使うことができたものの、「上司」クラスになってくると、コマが多すぎて困る。……という

ことで、ここに来て本格的にリストラの動きが進んできたようなのです。バブル世代のそんな窮状について、団塊世代の男性が嬉しそうに言うのも、理解できます。彼等は生まれてからずっと、団塊というだけで非難を受け続けてきました。やれいばり散らすだのケチだのと、特に下の世代からウザがられてきたのです。

そんな団塊世代からしたら、嫌われ者の座を、やっとバブル世代にバトンタッチできるような気がするのではないか。以前も記しましたが、バブルという状況を作り出し、堪能したのは、団塊等バブル世代より上の世代なのであって、我々は単にその時代に社会人になったというだけ。バブル世代は、いわば団塊世代にとっての「チルドレン」なわけです。我々はもしかすると、団塊世代にうまくしてやられたのかも……。

しかしそんな事情は、世間にとってはどうでもいいこと。下の世代からしたら、バブル世代は「たいして役にも立たないのに数だけは大量にいて、やたらと人件費がかかるやっかいな人達」でしかありません。

書店に行ったら、『バブル入社組の憂鬱《ゆううつ》』（相原孝夫《あいはらたかお》　日経プレミアシリーズ）という新書も売られていました。思わず手にとったわけですが、本書によるとバブル世代の特徴とは、

「コミュニケーション能力が高い」

「会社への依存心が高い」

「見栄を張りたがる」

ということなのだそう。旧世代のラストランナーがバブル世代ですから、会社も残業も大好き。下の世代からしたらイラつく存在なのだけれど、仲間が大好きなだけにコミュニケーション能力は高く、何とか生き残っている……という感じか。

少し前の「SPA!」でも、「50代が会社を滅ぼす　いまだバブル感引きずる『逃げ切り世代』は即刻退場せよ」という特集がありました。「SPA!」は若いサラリーマンが読む雑誌ですから、

「役職はあっても仕事は雑用レベル」

「仕事ができると思い込んでいる」

「ITスキルがなく、覚える気もゼロ」

「ノリで仕事をされても困る」

などと、50代に対する怒りとイラつきに溢《あふ》れる特集となっていました。

ああ、会社員でなくてよかった。……と、この手のものを読んでいると思う私。しかし会社員ではなくとも「あ」と思うことはあって、たとえば昨今の「#MeToo」騒動においても、バブル世代の特徴がにじみ出ていた気がしたのです。

ハリウッド女優の告発をきっかけに、「#MeToo」を合言葉としたセクハラの告発が世界中に広がった、この動き。日本においても、

「私はこんなことをされました」

という告発が見られましたが、それに対して、

「甘い甘い、そんなのセクハラって言うの？　私が昔受けたセクハラなんか、もっとすごかったわ」

といった反応を示したのは、バブル世代の女性でした。確かに、セクハラ概念が無かった時代のセクハラは、今とは比べものにならないほど濃厚なものが多かったのですが、しかし「#MeToo」というのは、自分が受けたセクハラの濃度を競い合う行為ではない。セクハラを無くすために、女性達は告発をしているのです。

だというのに、妙な対抗意識を持って、

「私はね！」

と主張してくるのは、バブル世代っぽい負けん気のせいなのかも。もしくは、「私だってかつてはモテていた」というモテ自慢でもあるのか……。

バブル世代の女性が対抗意識を燃やす場は、他にもあります。楽しいこと、騒ぐ場などが大好きな若者達のことを「パリピ」と言いますが、バブル世代はパリピに対し

ても対抗意識を燃やしがち。

たとえばハロウィンの大騒ぎを見て、シニア世代は、

「若いっていいわねぇ、楽しそうで」

と微笑ましく見守るのですが、バブル世代は、

「私達の頃だって、ディスコのパーティーで仮装なんかしてたわよねぇ」

「そうそう、もっとお金かけてた」

などと、いちいち対抗してくる。

また、

「今日はホムパ！」

などと若者がホームパーティーの様子をSNSにあげているのを見れば、

「私の若い頃は、ハワイのコンドミニアムでみんなで集まって、パーティーしたのよ」

などと、昔の紙焼き写真をスマホで撮ったものを見せに来る。そして若者に、

「わーぁ、○○さんの青春、華やか！」

といったことを無理やり言わせて、やっと満足するのです。

自分の青春時代の方が楽しかった、充実していた、というバブル世代のアピールは、
このように若者からウザがられているわけですが、それでもアピールせずにはいられ

ないのが我々。ま、そのようにワーキャーと青春時代を過ごしたからこそ、「高いコミュニケーション能力」ってやつを体得したのかもしれませんが。

企業において、こういった世代が、それも大量に上にいるというのは、確かに下の世代にとって負担感が大きいことでしょう。その「やたらと対抗してくる」といった性質が、仕事の上では何ら役に立たなかったりするならば、「退場せよ」と言いたくなるのも、よくわかる。

バブル世代については、様々なメディアで「企業が時限爆弾を抱えているようなもの」とか、「環境の温度変化に気づかないゆでガエル」などと表現されています。思わず、

「うまいこと言う！」

と膝《ひざ》を叩《たた》くのですが、膝を叩くことができるのは、私が企業に属さずに生きているせいなのか、それともこういった一種の気のよさも、バブル世代の特徴なのか。

当のバブル世代も、冷ややかな視線に気づいていないわけではありません。企業に勤める友人知人を見ていると、一部の「出世した人」以外は、肩身が狭そう。かといって、他の世代と比べると、起業などで辞める人は少ないので、「今さら会社を辞めるっていうのもなぁ。特にしたいこともないしなぁ」という感じで、ジワジワと定年

を目指しているのです。

しかし、いかんせん大量に存在しているのがバブル世代。どれほど肩身を狭くしようとどうしても幅を取ってしまい、だからこそリストラ策が練られてしまうのです。

リストラと言えば、フジテレビの「みなさんのおかげでした」がいよいよ終了するとなった時、私は、

「とんねるずは、リストラされたのだな」

と、思ったことでした。

我々世代が、とんねるずを〝先輩〟的意識をもって見ているというのは、以前も記した通り。その先輩がリストラに。……ということで、「いよいよ来たか」といった気持ちが、迫ってきます。

芸能界にも、企業と同じように「ポスト」があるのだと思います。すなわち、自分の名前でゴールデンタイムの番組を持つことができるような人達は、企業において役職定年を免れるようなポストを得た人ということになるのではないか。日本のテレビ界では、たけし、タモリ、さんまといったシニア世代が、いまだ役員格として権勢を握っているのです。

対してとんねるずは、バブル時代に若手社員として勢いを伸ばし、将来を嘱望され

ていたのだけれど、時代の変化についていくことができず、次第に閑職に追いやられ、そうこうしているうちに役職定年にひっかかってしまった……、という感じか。今回の「みなさんのおかげでした」終了という〝人事〟は、とんねるずへの役職定年宣言なのでしょう。

番組においては、終了が決まったことをコント仕立てで視聴者にお知らせしました。とんねるずの二人が、プロデューサー等の扮装をして登場。番組スタッフという、本来であれば裏方であるはずの業界人を前面に出してくるというのは、フジテレビおよびとんねるずの番組においては、伝統的な手法です。

しかし現代の世において、それはあまりにも古いやり方でした。テレビ華やかなりし頃、〝業界人〟は憧《あこが》れの存在だったかもしれませんが、今やテレビはオールドメディア。ユーチューバーに憧れる若者がテレビのプロデューサーだの何だのを見ても、「？」という感じでしょう。私はとんねるずの寸劇を見ながら、恥ずかしいような悲しいような気持ちでいっぱいになったのです。

とんねるずは、そんなことは承知の上で、昔ながらの業界コントを披露したのかもしれません。それは、昔ながらのテレビの世界とともに消えゆこうとする自分達を葬るための、特攻隊的な行為だったのではないか。

役職定年後のとんねるずは、どのような存在となっていくのでしょう。企業では、参与とか担当部長といった、ぼんやりとした名前を持ちつつも実質の権限は無いという五十代達が、うようよしています。そんな五十代にとってとんねるずの姿は、自らを重ね合わせる対象となるのではないか。

お正月には毎年、「とんねるずのスポーツ王は俺だ!!」が放送されています。年に一度とはいえ、「みなさんのおかげでした」無き後は、これが唯一の「とんねるず」番組となるわけで、私はこのお正月も、何となく横目で眺めておりました。

スポーツが得意なとんねるずだからこそ成立している、この番組。一流アスリートに対してさえ、持ち前の先輩風を吹かせることも、見所の一つとなっています。

しかしそんなとんねるずにも、「年波」は寄ってきます。いつまで彼等は、真剣にスポーツをすることができるのでしょう。若いアスリートはもう、とんねるずの全盛期を知りません。今年もとんねるずは様々なスポーツにトライしていましたが、彼等が靭帯《じんたい》断裂などしてしまうのではないかと、ひやひやしながら私はテレビを観ていたのです。

世のバブル社員達は、正月休みにそんなとんねるずを眺めつつ、自分の将来のことを考えたことでしょう。下からの冷たい視線に耐えつつ、何とか定年まで逃げ切るか。

それとも、早期退職制度に応募しようか。今辞めたら、退職金に〇千万円上乗せか。それも悪くはない、でも辞めてどうする、などと。

五十代ともなると、

「もう東京は疲れた」

という声も聞こえます。人に溢れた大都市で生活するのはしんどい。田舎に移住とか、二拠点生活というのもいいかもね。……と、私も夢想したりするのです。

「『人生の楽園』っていう番組、知ってる？」

「西田《にしだ》敏行《としゆき》と菊池《きくち》桃子《ももこ》がナレーションしてるやつでしょ？　定年後の夫婦が民宿とかカフェやったりする」

「そうそう。あれ結構、観ちゃうよね〜」

などと友人と語り合ったりするのも楽しいお年頃になってきました。

が、下の世代からすると、

「セカンドライフをのんきに夢見ているのが腹立つ！」

のだそう（「ＳＰＡ！」参照）。定年まで逃げ切るにしても、早期退職制度で退職金上乗せを狙うにしても、それで「人生の楽園」的セカンドライフを能天気に目論《もくろ》んでいるのが、氷河期に苦労して就職した世代などからしたら、許せないのでしょう。

　まあそんなカリカリしないで……、などと言っても、きっと氷河期くん達は余計イラつくだけ。とんねるず（特にノリさん）はハワイあたりで優雅なセカンドライフを送るのかもしれませんが、我々はもうしばらくちんまり生きていく方が、よいのかもしれません。

親全学連、子バブル

さる老紳士とお話をしていた時のこと。学生運動の話題となって、

「僕ね、樺美智《かんばみち》子《こ》さんと同級生だったんだよ」

とおっしゃったことに驚きました。

樺美智子さんと言えば、一九六〇年の安保闘争の時、デモの渦中で亡くなった東大生。その時には生まれていなかった私も、名前だけは知っている存在ですが、ほとんど歴史上の人物のように捉《とら》えていた。

その紳士は、東大を出て大企業の社長を務めた後、悠々自適の生活を送っていらっしゃる方です。そうか樺さんは、生きておられればこの紳士と同じ年頃ということになるのね……。

「僕はノンポリだったけどね、でもデモには参加してたな。ま、付き合いで」

というお話をうかがい、にわかに「学生運動というものを全く知らない」というこ

とを自覚した私。街ですれ違った普通のおじいちゃんが、かつては学生運動の闘士だった、ということもあるのだろうなぁ。

六〇年安保、七〇年安保と、学生運動の波はそれは激しいものであったという話は、本などでしばしば目にします。七〇年安保の頃は既に生を享《う》けていた私ではあるものの、記憶には残っていないし、また体験を語ってくれた人もいない。

「サザエさん」にも全学連ネタが取り上げられるほど、日本中の話題となる動きだった、学生運動。しかしそれは、戦争や災害の話のように「語り継ぐ」べきものではないようなのです。そして私のような、政治の季節がとっくに終わってから大学生になったような者は、かつて世の中や政治に対して、自分の命を捨ててもいいと思うほど真剣に怒っていた大学生達がいたことに、驚くのでした。

学生運動関係の本を読んでいると、「我々世代は、彼等のように真剣に怒ったことがあるのだろうか」と、私は思います。自分達が怒ったり行動を起こしたりすれば世の中が変わると思ったことは、かつてありません。怒る対象を社会に見つけることが困難なほど、個人の快楽や消費の楽しさを追求することに夢中で生きてきました。

私の世代も、反抗の爪痕《つめあと》を残した時期がありましたが、それはせいぜい中学生の頃。管理教育や受験戦争が息苦しいということで、ツッパリになる人が増加し、盗んだバイクで中学を走り回る、といった行為で大人に反抗する人達が、確かに存在したのです。

今にして思えば、ツッパリの反抗とは、排泄行為に近いものだったのでしょう。先生、親、勉強といったもののウザさを放出するため、彼等は悪さをしただけ。学校や世の中を「変えたい」といった感覚は、そこには無かった。

同じ「反抗」と言えど、学生運動を担った人達は、まだ大学進学率が低かった時代に大学生だった、いわば知識階級です。そしてツッパリ文化というのは庶民の娯楽のような面もありましたから、そもそもの担い手が違っていました。

私自身はツッパリではなかったため、排泄としての反抗すら、経験したことがありません。「大人に下手に反抗しても、面倒臭いだけ。大人には適当に好かれておいて彼等を利用した方が、楽に生きられるでしょうよ」という、狡猾《こうかつ》かつ怠惰な考えのもと、無駄な抵抗をせず、流れるように生きていたのです。

そうして私も大学生になったのですが、政治に対しては何ら興味を持っていませんでした。私が大学生だった四年間の首相はといえば、中曽根康弘→竹下《たけした》登《のぼる》→宇《う》野《の》宗《そう》佑《すけ》（六十九日間）→海部《かいふ》俊樹《としき》、というメンバー。盤石の自民党政権、という印象です。

そのことに不満を持つ人も多かったとは思いますが、「反抗なんかしたってどうなるものでもなし」ということで、自民党政権が倒れることなどこの先あるのか、と思っていた。そして自民党政権がつくりあげた未曾有《みぞう》の好景気に乗って、キャーキャーとはしゃいでいたのです。

学生運動が華やかなりし頃も、全ての大学生が権力に対して怒りを炸裂《さくれつ》させたり革命を夢見たりしたわけではないのでしょう。「学生 島耕作《しまこうさく》」には七〇年安保の頃の早《わ》稲田《せだ》大学の様子が描かれていますが、島耕作はノンポリ学生。学生運動に熱心な友達はいるものの、多数派はノンポリです。学生運動を主導していたのはごく一部であり、多くの学生は、その様子を眺めていただけ、もしくは前出の紳士のように、「皆が行くから俺もデモに行くか」となったのではないか。

対して私の時代は、チャラい学生が最も目立ち、そして他の学生をリードする時代となっていたのであり、私のような有象無象も、彼等についていった。考えることを放棄している学生はいつも、その時代に最も高く旗を掲げている人の後をついていくわけで、私も全学連とか全共闘の時代に生まれたら、何となくデモに参加していたかもしれない。

そんな私の時代には、学生運動の影すら無かったように記憶しています。特に私が通った大学はチャラい校風でしたので、その手の気配はゼロ。学生運動というのは、ニホンオオカミのように絶滅したと思っていたのです。

しかしある時に他の大学に行くと、いわゆるゲバ文字で書かれた立て看板を発見。「まだやってる人っているの！」と、私は驚いたのですが、とはいえバブル期の学生運動は、ほとんど趣味人によって細々と守られているような状態だったのでしょう。個人的幸福を享受すること、もしくは享受しているフリをすることに皆が必死になっている時代に、権力を倒すとか革命といった目標は、あまりに遠大すぎたのです。

なぜ我々世代は、権力に怒りをぶつけたり、闘うことによって世の中を変えようとしたりしなかったのでしょうか。七〇年安保闘争の後、連合赤軍事件等の悲惨な事件が起こることによって、その手の活動に対する忌避感が強くなったことは、理解できます。

が、たとえばあさま山荘事件は一九七二年に発生しており、私は六歳。記憶力が良いタイプではない私は、この事件のことを全く覚えていません。事件によって直接、「サヨクって怖い」的なことを考えたわけではないのです。

この頃、市井の人達の気持ちはぐっと、政治というものから離れていったようです。政治的なことを口にしたら、意識高い系どころか、ちょっとヤバい系の人として認識されるのではないか、という思いが強くなっていったと思われる。

私の青春期、既に政治は遠いものとなっていました。ほんの十年ほど前まで、政権を自らの手で倒そうとした人達がいたことなど、知りもしなかった。政治は、特別もしくは特殊な人達がすることで、自分とは関係の無い世界のことだったのです。

当然、政治については何もわかっていませんでした。この先もずっと自民党政権が続いていくのだろうなぁという漠然とした予感があるだけで、判官贔屓《びいき》系の性質を持つ身としてはその状態が喜ばしいわけではなかったけれど、「変えなくては」という義務感も、「変えられる」という希望も、ツユほども持っていなかった。

自民党が好きではなくても、世の中に対してそこそこ満足していたことも、我々が怒らなかった理由です。世は「一億総中流」の時代。食うや食わずの時代であれば「世の中をもっと良くしたい」という熱い思いがたぎったのでしょうが、「まぁ、これくらいでいいんじゃないの？」という感覚が横溢《おういつ》していました。

そうこうしているうちに、バブル景気に乗ってスムーズに就職もした、我々。社会に出れば、会社における小さな怒りを日々経験しましょうし、家庭を持てば家族に対する怒りもあろうかと思いますが、ついぞ社会に対する巨《おお》きな怒りは持つこともなく、また持ち方も知らずに今に至る、と。気がつけば、本物の政治の世界においても、我が世代はめぼしい活躍をしていない（ような気がするのですが気のせい？）。

考えてみますと樺美智子さんは一九三七年生まれで、私の母親であってもおかしくない世代です。もしも樺さんが生きていて、二十九歳の時に子供を産んでいたら、その子は私と同い年なのです。

その親子は、「親全学連、子バブル」ということになるわけで、「親バブル、子ゆとり」よりも激しいギャップ感です。さらに言うなら、樺美智子さんが現在まで生きていたとしたら、「祖母全学連、子バブル、孫ゆとり」という何ともバラエティ豊かな一家になっていたことになる。

しかしその時、祖母は自らの革命闘争体験を、家族に語ったでしょうか。おそらく東大に通っていた知的な祖母は、バブル世代でいつまでもチャラさが抜けない我が子、そしてゆとり世代でネットばかり見ている孫に対して、自らが青春を捧《ささ》げて闘った体験を語っても無駄だと思うのではないか。親子であっても世代差はなかなか乗り越えられないものであり、家族は意外に自らの来し方を語らないもの。きっと孫達は「おばあちゃんはかつて、闘士だった」ということを知らないままに、祖母を看取ることでしょう。

樺美智子さん達より十年後、七〇年安保闘争を担ったのが、団塊の世代であり、全共闘世代の人達。そしてその子供世代が、団塊ジュニアであり、ロスジェネ。「親全共闘、子ロスジェネ」というギャップもまた、激しそうです。

『世代の痛み』（上野《うえの》千鶴子《ちづこ》　雨宮処凛《あまみやかりん》　中公新書ラクレ）は、まさにその親と子の世代が語り合った対談本なのですが、この本を読んでいると団塊ジュニア世代に対する申し訳なさで、肩身がぐぐっと狭くなるのでした。

バブル崩壊後の不景気の影響をもろにかぶっているのが、団塊ジュニア。

「どんなにひどい目に遭っても、雇ってもらえるだけありがたいと、怒る前に感謝している人が多いのが現実」

という雨宮さんの発言を読めば、何の苦労もなく正社員になった自分達が恥ずかしくなりますし、「さんざん社会の実験台にされ、そのまま見捨てられた世代」という発言には、「楽々就職できたバブル世代、いま会社の中でポストが無いくらい、どうということはないではないか」という気に。

その世代の人は、とにかく「生きづらい」ようです。

「どうせ自分の将来はホームレスですから」

とか、

「親が死んだらホームレスになるしかない」

といった感覚を持つ人も、少なくないのだそう。

ではそのような世代が、社会に対して闘いを挑んでいるかというと、そうでもないのです。安保法案への反対運動などで、二〇一五年頃からＳＥＡＬＤｓの活動が注目されましたが、彼等は団塊ジュニアよりは若い世代。たとえば創設メンバーの一人である奥田《おくだ》愛基《あき》さんは一九九二年生まれということで、二十六歳の私が産んでいてもおかしくないゆとり世代なのです。

なぜ団塊ジュニアは怒らなかったのかを、上野さんが雨宮さんに聞くと、

「火炎瓶の作り方も、投げる先もわからなくて自傷に向かった」

といったことが語られます。若者は政治のことなど考えるな、と団塊ジュニアは大人から言われて育ったそうなのですが、それはもしかすると親が全共闘世代のせいなのか。「１００％自己責任とされる状況で生きてきたので、社会の問題とからめて考える発想がそもそもない」ということなのでした。

学生運動が下火になってからＳＥＡＬＤｓが登場するまで、四十年続いた「怒らない若者の時代」に入るのは、しらけ世代、新人類、バブル世代、団塊ジュニア、ということになります。しらけ世代は、全共闘の大騒ぎを直接見ていたからこそ、「あんなのは嫌だ」と、しらけていったのでしょう。極端な動きの後には揺り戻しが来るのが世の常なわけで、彼等がしらけるのはよくわかる。

我々は、しらけ世代の政治的無関心をそのまま受け継ぎ、しかしバブルの時代だったためにさほどしらけることなく、素直に「イェーイ！」と過ごしていました。そうしたらバブルが崩壊したのだけれど、自分達は安全地帯に逃げ込むことができた。我々の肩身の狭さの理由は、その辺りにあります。政治的関心が皆無であることに何の疑問を持たず、後ろに続く世代が就職氷河期のクレバスに落ち込んでいるのに、はしごを取りに走ることもなく、ただ「あ……」と棒立ちしていたのだから。

団塊ジュニアもまた怒らない世代ですが、しかし彼等と我々の違う点は、彼等は自らが怒らない理由、生きづらい理由、自傷に走る理由を、様々に説明しているところかと思います。不景気が二十年も続いたのは、彼等のせいではありません。正規雇用されることすら難しく、「親が死んだらホームレス」と思ってしまうのは、上の世代のせい。それなのに「頑張れば何とかなる」と、年上の根性世代から言われてしまう彼等の前で、我々は身を小さくするしかない。

我々の時代には、「生きづらい」などという言葉すら、存在していませんでした。なぜなら我々は生きづらくなかったからで、リスカもしないでぬぼーっとしたまま、中年となったのです。

社会に対して怒る手段を知っている、団塊以上の人達。不景気のせいで虐げられた、団塊ジュニア。そして、怒る手段を取り戻した、ゆとり世代。そんな世代に挟まれて、火炎瓶どころか、しっぺの仕方もわからない我々は、身の置き所なし。せいぜいしらけ世代とでも連帯し、

「怒り方を知らない我々にも人権はありま〜す」

と、小さな声で叫ぶしかないのでした。

ひのえウーマンの強気

礼宮《あやのみや》さまと川嶋《かわしま》紀《き》子《こ》さんの婚約内定が発表されたのは、昭和最後の年が七日で終わって平成という時代に入った、その年のことでした。新入社員だった私はそのニュースを聞いた時、「ずいぶん早い結婚だこと」と思ったのを、覚えています。

それというのも紀子さまは、私と同い年。学習院に通っていた友人達にとってはまさに同級生で、

「紀子ちゃん」

と言われていました。会社に慣れることで精一杯、自分の結婚など考えたこともなかった私にとっては、「同い年でもう結婚する人がいるの！」という感覚だったのです。

当時の東京で、ヤンキーがかった人を除けば、二十代前半で結婚する人はあまりいませんでした。男女雇用機会均等法の施行から四年目、かつ好景気を背景とした売り

手市場ということで、女子の大学生も「働くのが当然」という感覚。就職しないでそのまま結婚（といっても、大学院に進学されたのだが）という紀子さまを、「やはり上つ方は違うのね」という感覚で見ていたのです。

同い年の紀子さまよりも親しみ深く感じられたのは、雅子さまの方でした。紀子さま達のご結婚から少し後に、浩宮《ひろのみや》さまのお妃候補として小和田雅子さんがマスコミを賑《にぎ》わすようになったのですが、彼女はいわゆるキャリアウーマンだったのです。

東大とハーバードから外務省のキャリア官僚になった女性に「親しみ」などと言うのはおこがましいにも程がありますが、一応は自分も働く身。大学を出てすぐ結婚という紀子さまよりは、「わかる」という気がしたのです。

雅子さまは、私よりも三歳上。お妃候補として取り沙汰《ざた》されていた頃は、二十七～八歳だったと記憶しています。トレンチコートにパンプスでカッカッと歩く様子は、恰好《かっこう》いい大人の女性という感じがしたもの。今となっては、二十七～八などまだまだ若いですが、当時はじゅうぶんに成熟した印象であり、ふわふわしたプリンセス感は漂っていませんでした。

結局、雅子さまは浩宮さまとご結婚。雅子さまと紀子さまのタイプがあまりに違うことから、女性週刊誌などでは、

「あなたは雅子さま派？　紀子さま派？」

　といった特集が組まれたりもしましたっけ。

　二人の違いは、雅子さまが晩婚（といっても結婚した時は二十九歳で、現在の女性の平均初婚年齢と変わらないのだが）、紀子さまが早婚というだけではありません。

　二人の最も大きな違いは、雅子さまは働くことの楽しさを知ってから結婚したのに対して、紀子さまは一度も職に就かずしてプリンセスとなった、というところでしょう。

　キャリア官僚という、日本の舵取《かじと》りをするような仕事に就いていた雅子さまは、仕事を辞めて結婚することに対して、大きな喪失感を抱いたはずです。対して就職することなく結婚した紀子さまは、「親王の妻」という職業に就いたようなものだったのではないか。

　新卒で皇室に入り、結婚生活というキャリアを積んだ、紀子さま。お妃にとって最も重要な業務と言える〝子産み〟も、長女そして次女と、こなしていきます。皇室に生まれるのが女の子ばかりで、このままでは皇嗣がいなくなる……となれば、間もなく四十歳にならんという時に、見事男の子をご出産。

　一方、雅子さまは、新卒で皇室に入ったわけではありません。全く違うキャリアを捨てて皇室に入った、いわば転職組。プロパーではないだけに、馴染《なじ》むのが大変だったことと思われます。結局、適応障害ということで療養されるようになって、はや十余年。病気のことはよくわかりませんが、まさに皇室という環境に「適応」できなかったのでしょう。

とはいえ皇室に入って体調を崩したのは雅子さまばかりでなく、姑《しゅうとめ》の美智子《みちこ》さまにしても、様々な不調を抱えつつ、ここまで来られました。イギリス王室を見ても、「嫁」達の多くは、おそらくは急激な環境の変化から、心身に不調をきたしているのです。

そう考えると、特に問題もなく淡々と「嫁」業務をこなしているように見える紀子さまこそが我々世代の中では特殊、という言い方が失礼であるならば特別なのではないかという気がしてきます。あの強靭《きょうじん》さは、一体どこから来ているのか……?

昨今は、さすがの紀子さまも頭を悩ましているのではないか、と思われる問題が浮上しています。それは長女である眞子《まこ》さまの婚約にまつわるゴタゴタ、というもの。

眞子さまご婚約というニュースを聞いた時も私は、

「もう自分の娘が結婚してもおかしくない年頃なのか」

と、感慨深かったものでした。妹の佳子《かこ》さまに比べると地味な印象がある眞子さまも、青春を楽しんでいらしたのね……と、微笑ましい気持ちに。

しかしそんな奉祝ムードだった二人の婚約に、次第に暗雲が忍び寄ります。婚約内定者の小《こ》室圭《むろけい》さんの母親の借金問題などが報道され、ついには婚約延期ということになってしまいました。

小室圭さんのお母さんって、こんな人なんだ……と、ネットで画像を検索したりしていた時に、私が驚いたこと。それは、「小室ママもまた、自分と同い年」という事実でした。

紀子さまがタメ、というのは、昔から認識していたので今さら驚きません。しかし失礼ながら小室ママは、ずいぶん年上の方だと思っていたのに、タメだったとは……。同い年となると急に身近に感じられる、小室ママの諸問題。子供の学費とか生活費などを、自分の交際相手から、

「すいません、お願いします」

と借りる（orもらう）ことができるか、と考えてみると、即座に「無理」という結論が。ある意味、かなりの実力者なのかも。

そんな時、「女性自身」の広告を見ていたら、気になる見出しがありました。それは、

「'66年生まれ　ひのえウーマンに『ザワつく理由』！」

というもの。

「小室圭さん母、小泉今日子、斉藤由貴、紀子さまも――大検証」

という文字も見られます。

ひのえウーマンとはうまいこと言う……と感心しつつ、コソコソとコンビニで「女性自身」を入手してみた、同じくひのえウーマンの私。以前も記しましたが、六十年に一度巡ってくる丙午《ひのえうま》に生まれた女性は、「夫を食い殺す」などと言われています。八百屋お七が丙午生まれだったからその手の話になったのだ、という説が。

そして見出しに出ていた女性達は今、確かに何かとお盛んなのでした。小泉今日子さんは、妻子ある俳優との不倫を宣言していたし、斉藤由貴さんもまた不倫騒動があったことは、以前も記した通り。そして眞子さまと小室さんカップルの母親が共にひのえウーマンということで、言われてみれば、ザワザワ感が強い。

ではその「ザワつく理由」とは何なのかとページをめくってみますと、あるジャーナリストは、小泉今日子さんがお相手の俳優さんのことを、

「同じ夢を追う同士」

と言い、斉藤由貴さんもまた故・尾崎豊《おざきゆたか》さんとの不倫の時に、

「同志みたいな感じ」

と言っていたことに対して、「彼女たちは、常に世間に対して、誰かに対して闘っているという意識を持っている」といったことを述べておられました。

それを読んで「そ、そうかなぁ」と思った私。私達が「怒らない世代」であることは、前回も記した通り。世の中に対して、

「けしからん！」

と拳《こぶし》を振り上げることなく、何となく漫然と生きている。そして、自分の「意見」というものも特になく、

「別にいいんじゃないの……」

と、長いものに巻かれるのも得意。「常に誰かに対して闘っているという意識」など、微塵《みじん》も持っていないのです。

斉藤由貴さんや小泉今日子さんが、「同士」そして「同志」という言葉を使用したのは、それが自らの不倫の恋を世間に向かって説明する、という場であったからと思われます。大手を振って、というわけにはいかない関係に、少しばかりの正当性を持たせようとする時に、たまたま似たような言葉が使用されたのではないか。

怒らない世代である我々は、よく言うなら他者に寛容。悪く言うならモラルの観念が薄い、のかもしれません。他者に寛容ということは自らにも寛容なのであり、不倫

に際しても「それは絶対にしてはならないこと」ではなく、「好きになってしまったら仕方がない」ということになる。

我々は確かに、不倫に対して躊躇《ちゅうちょ》がありません。十代の頃から、ドラマ「金曜日の妻たちへ」などを視聴し、結婚している男女でも恋愛に対する欲求は持っていることを実感しつつ、大人に。社会へ出てみたら、不倫のデートでも領収書を切ることができる景気＆世相だったのであり、おじさん達からほいほいと高いイタ飯（注・イタリア料理の意）などをご馳走《ちそう》になった女性達が、どれほどいることか。もちろん、不倫に走ったことによって婚期を逸した女性も、たくさんいます。

「女性自身」では、他にも国生さゆりさんやＲＩＫＡＣＯさん等の例をあげて、「ひのえウーマンは情熱的」としていました。他にも、江角《えすみ》マキコさんに有森裕子《ありもりゆうこ》さん、鈴木《すずき》保奈美《ほなみ》さんに安田《やすだ》成美《なるみ》さんも、ひのえウーマン。陰陽五行思想においては、丙も午も「陽の火」を意味し、最も激しい組み合わせだとのことでした。そんな激しさを持つ組み合わせなので丙午同士は相性が悪いらしく、だからこそ、紀子さまと小室ママもまた相性が悪い、という説明です。

なるほど……と思ったわけですが、しかし当然ながら私の友人は丙午だらけ。特に相性の悪さは感じないので、それもまた人それぞれではないか、という気がいたしま

「だいたい、娘があんな男の子と交際するのを許した紀子さまも脇が甘い」

などと、我々は好き勝手なことを言い合ったものです。が、紀子さまもまた、「他者に寛容」な、ひのえウーマン。娘を信じたからこそ、娘の交際相手にいちいち口を出さず、交際を許したのではないか。そして小室ママは、「子供の学費、彼に出してもらってもいいかな。いいよね？」というノリの、自分に寛容なひのえウーマンなのではないか。

そうしてみると、ひのえウーマン達が、人数が少ない割には何かとお騒がせしがちなのは、確かな気がしてきました。丙午の男子である「ひのえマン」についての話題は世にあまり出てきませんが、ひのえウーマンはよくも悪くも、のびのびと自らの欲求を解放している。社会を変革する気はさらさら無いのですが、「自分の変革」に関しては、積極的なのです。

「女性自身」は、

「今後も、ひのえウーマンたちから目が離せない！」

「仕事も恋も強気に自分らしく！　それがひのえウーマンの生きざまなのだろう」

と、特集を締めていました。そういえば紀子さまが為した最も大きな「仕事」といえば、悠仁さまの出産ということになりましょうが、それも「強気に自分らしく」の結果なのかもしれません。

常に家に縛りつけられているかのようということで、「嫁」という言葉は評判が悪いものです。しかし紀子さまのように、「嫁」という立場で自分を生かし切る人も、一方にはいる。

常々私は、そんな「自覚的な嫁」達の尋常ならざる強さを感じるのです。

紀子さまのような〝プロ嫁〟は、元々が外の人間であるからこそ、嫁ぎ先の家風を懸命に身につけようとします。歌舞伎の女形が本物の女よりも女っぽいように、自覚的な嫁はその家に生まれた娘よりも、その家らしい人となる。結果、嫁に徹した人が最終的に手にするのは、その家のゴッドマザー的な立場。

かつて「３ＬＤＫのプリンセス」と言われた紀子さまは、結婚当初は雅子さまと比べると、地味で目立たない印象でした。大学卒業後にそのまま結婚というのは、我々世代ではいかにも古風な生き方という感じもしたものです。

しかし雅子さまは健康を害され、かつお子さまは女の子が一人。対して紀子さまは、ずっと健康で過ごされ、皇室にも適応し、そして男の子を出産されました。その男の子はいつか天皇となるわけで、その時に紀子さまは国母の立場となるのです。天皇家の嫁という仕事を、「強気に自分らしく」全うした結果、３ＬＤＫからは想像のつかないジャンプアップをされることとなった。

　ひのえウーマン、やっぱり強し。紀子さまと小室ママというひのえウーマン同士の関係がこの先どうなるかはわかりませんが、

「今後も、ひのえウーマンたちから目が離せない！」

のは、確かな気がします。

大谷世代への劣等感

卒業した大学の出身学部の先生から、新入生向けのイベントで話をしないか、というお話をいただきました。既に大学を卒業してから三十年、お役に立つことなど話すことができるのか。……と不安に思いつつも、お引き受けすることとなったのです。

本番前、話のお相手を務めて下さる先生と打ち合わせをしたのですが、

「大学時代、どんな講義が印象に残っていますか？」

という質問を受け、「うぐ」と返答に詰まった私。記憶力が極端に悪いということもありますが、その前に大学の講義に出ていなかったため、印象も何も無かったのです。

「あんまり覚えていないっていうか、そもそも講義に出ていないっていうか……」

とモゴモゴしていると、私より年下のその先生は、

「あー、そういう時代ですよね」

と、微妙な表情をされた。

我々が大学生の時代は、確かに「そういう時代」だったのです。すなわち、大学に入学するまではそれなりに頑張るけれど、いったん入学してしまえばあとは社会に出るまでの四年間を遊んで暮らす、という感覚が一般的だった時代。

私が大学生であった頃は、「大学のレジャーランド化」という言葉は既に聞きなれたものになっていました。大学進学率が上昇し、大学が一部のエリートだけのものでなくなったことによって、この言葉が生まれたのでしょう。

今となっては次々と姿を消している女子短期大学ですが、私が学生の頃は、まだ人気があったものです。バブル景気前、そして男女雇用機会均等法前は、女性が四年制大学を卒業しても、就職に苦労する時代が長く続きました。

対して女子短大生は、就職先に苦労しませんでした。一流どころの短大を卒業すれば、商社でも銀行でも、よりどりみどりだったのだそう。私も高校時代、大人から、

「いいところに就職したいなら短大、いいところに嫁に行きたいなら四大」

と言われ、「へー」と思ったものです。

しかし女子校生活が長かった私は、高校を卒業した後もさらに女子だけの学生生活を続けるのが、どうしても嫌でした。時代も変わり、女子大学生の就職も容易になっ

てきたということで、私は共学の四年制大学へと進学したのです。

当初は講義にも出ていたと思うのですが、そこで気づいたのは「やっきにならなくても、単位は取得できる」ということ。さらに私は体育会の部に入ってしまったので、時間的に講義に出る余裕もありませんでした。

結果、私は最小限の手間で最大限の単位を取ることに集中。ゼミにも入りましたが、先生は体育会の学生を優遇してくださるタイプの方で、

「体育会の学生は、ゼミに出なくても飲み会の手配だけすれば成績はA（「優」の意）をあげます」

というご厚意に甘えさせていただいた。

そうして私は、無事に四年で卒業することができました。成績はといえば、四年間でAの数が八。その内四つは、ゼミの四年間における飲み会の手配の結果ですから、実質のAは一年で一個ということになる。

「女子でAが一桁《けた》って、珍しいね」

と当時も言われましたが、私はそれを武勇伝のように捉《とら》えていました。

「私なんか全然講義に出てなかったし、Aも八個だけ！」

というのは、一種の自慢になっていたのであり、真面目に講義に出てAの数を積み

上げていく人のことは「だっせー」と思っていたのです。

それから、幾星霜。いつの間にか、時代は変わっていました。前出の大学の先生も、

「今の学生は皆、真面目に勉強していますよ。休講にすると、文句が出ますから」

とおっしゃいます。

「私なんか全然講義に出てなかったし、Aも八個だけ！」

と鼻高々で言うのは、時代遅れすぎる感覚なのであり、今の学生達からしたら「だっせー」というアピールでしかなかろう。

確かに今は、部の後輩である現役学生も皆、真面目に勉強をしています。「体育会だから講義に出られない」という言い訳は通用せず、まずは学業優先で、その上でスポーツをするようにしないと、親御さんからも文句が出るのだそう。

それが当たり前の感覚だよね……と、今の私であれば思います。高い授業料を払う四年間、そこで得られたのがせいぜい「仲間とのつながり」と「楽しく遊んだ思い出」だけでは、あまりにも効率が悪い。今の若者達は何事においてもコスパを求めますから、「ちゃんと勉強して自分の価値を高めなくては損！」と思うのではないか。

新入生に対する私のトークは、ですから大変にキレの悪いものとなりました。真面目な学生達は、私語もせず、また眠りもせずに聴いてくれています。私の学生時代は、

超絶ダサい子もいれば、恥ずかしいほどお洒落《しゃれ》な人もいれば、またブランドもので身を固める人もいたりと、外見の格差も激しかったものですが、今の学生達はファストファッションなどで上手にお洒落をしていて、外見も平均化している。一言で言うなら非常にまともな学生達に、何かまともなことをお話ししたいとは思っていた私ですが、

「学生時代、後悔していることは？」

という問いに対しても、

「いや、もっと講義に出て勉強しておけばよかったなぁ、と……」

といった返答。「講義に出るとか勉強するとかって、当たり前のことなのでは？」と、若者達はポカンとしていました。

新入生達は、私の子供世代でもあります。キラキラした目の彼等を見て、私は改めて、同世代の親達は自分の子供をどう扱うか、苦慮しているのではないかと思った。我々の親は、子供達にとにかく「勉強しろ」と言っていました。親世代は、良い大学に入って良い会社に入ることが幸せへの近道、と思っていたのであり、我々も自分は本当に何がしたいかというよりも、できれば大きくて名の通った会社に入って……という感覚で、仕事を決めた。

「何においても、できる限り『上』を目指す」というのは、親世代にとっては当然の感覚だったのだと思います。偏差値は、高いほどよい。お金は、稼ぐほどよい。家は、都心に近いほどよい。……という意識で子供達を指導する彼等は、確固たる「自信」を持っていました。

　そんながむしゃら世代が上で頑張ってくれた結果、我々は若い時代、努力をせずして豊かさを享受することができたのです。ディスコでミラーボールの光を浴び、初期のクラブでブラックライトの光を浴び、そしてハワイの太陽の光を浴びながら（当時、美白概念はまだ無い）思ったのは、「別にこれ以上豊かにならなくてもいいんじゃないの？」ということ。日本人は世界一裕福になったとも言うし、もうガツガツしなくてもいいでしょう、と。

　我々には、ハングリー精神というものが最初から欠落していたわけですが、バブル崩壊後の長引く不況を、「それならそれでいいんじゃないの？」と呑気《のんき》に眺めていたのは、だからこそ。不況になっても、死ぬわけではあるまい。バブルの時代は何だか疲れたから、しばらくはのんびりしていてもいいのでは？……と、ニコニコしながら日本の斜陽化を傍観していたのです。

　高度経済成長の時代は子供だったのでそれに力を貸すことなく、右肩下がりの時代になったら「仕方ないよね」と眺める私達は、「こうあるべき」という信念を持っていません。上の世代の人達のように、「全てにおいて『上』を目指すのが人の道」とも思っていない。下の世代のように「みんな違ってみんないい」と多様性を受けいれるわけでもなければ、「自分の道は自分で切り拓かなくては」と努力するわけでもない。だからこそ我々世代は、子供達に強く自分の考えを押し付けることをしないのではないでしょうか。大学というレジャーランドで講義にも出ず、職業意識も持たずにいたのに何となく景気が良かったから、それなりのところに就職。独立などユメ考えずに、資質によって社畜になったり会社のお荷物になったりしていった我々が、下の世代に「自分達のようになれ！」とは、言いづらいものがあります。

我々世代は、「子供のしたいことを、自由にさせてやりたい」という教育方針の人が多いのです。若者の数は少なく、今や貴重で希少な存在ですから、自分の子とはいえ親が強権を発揮して曲げてしまうわけにはいかないし、親の夢を押しつけるわけにもいきません。子供の方が親よりもしっかりしていたりするので、下手に親が口を出すより任せておいた方がいい、というところもあるでしょう。

彼等は子供と仲が良く、昔のように親子関係が上下関係にはなりません。昨今、

「順子〜」

などと親のことを名前で呼び捨てにする若者が珍しくありませんが、親子は横一線、というフラットな感覚が生じるのも、理解できるところです。

野球の世界では大谷翔平《おおたにしょうへい》選手が話題になっていますが、彼を見ていると、我々の子供世代のしっかりぶりを私は実感するのです。多くの反対意見がありながらも、自らの意志で二刀流を貫き、アメリカでも活躍する大谷選手。他にも大谷世代には、羽生《はにゅう》結弦《ゆづる》君など世界レベルのアスリートが多いわけですが、彼等に共通しているのは「自分で考える」ということです。コーチ等に言われたやり方にただ従うのでなく、自分で自分を客観視し、方針を決めていくことによって、新たな道を拓いています。

野球に詳しい人によると、大谷世代の選手達はやはり、真面目なのだそう。試合後は夜の街に繰り出すこともせず、きちんと休んで明日に備えるのだ、と。大谷君も日本にいた時代はきっと、女子アナ達がわらわらと群がってきたかと思いますが、モテに浮かれて変な女性に手を出すこともなさそうです。

昔のプロ野球選手といったら、明日が試合であっても遅くまで飲み歩き、酒臭い息で試合に出てホームラン、といったイメージでした。パンチパーマに金のネックレス、といったバッドセンスも彼等のトレードマークだったのであり、「破天荒だが野球もすごい」というのが武勇伝となったのです。

その手の雰囲気をまとった最後の選手が、清原和博《かずひろ》。考えてみると一九六七年生まれの清原選手と一九九四年生まれの大谷選手は、親子であっても何らおかしくない年の差です。

清原選手も、少年時代は投手も務めていたことは知られていますが、彼の時代は二刀流をずっと続けることが可能などとは、思いもしなかったでしょう。さすがにパンチパーマの時代は終わっていたものの、酒にタバコにピアスに日焼け……といった不良性をたっぷりと帯び、引退後は道を誤って、家族を失い、覚醒剤で逮捕されることとなってしまいました。

他のことは何も知らない野球馬鹿が、現役を引退した後に転落。その後、悔い改めて心機一転、地道に生きる。……というのは、いかにも昭和人の好みそうなストーリーであるわけで、清原選手も今後の再起が期待されるところです。私も、彼が逮捕された時は「駄目じゃん」とは思ったものの、それでも彼を憎みきれないところがある。

しかし大谷世代から見たら、「あの人はいい年をして、何をしているんだろう？」という感じではないでしょうか。クレバーな彼等は、野球を追求しつつも、もし野球を止めても上手《うま》く生きていけそう。

昭和の野球人が、

「ワシなんか酒臭い息のままでバッターボックスに立ったもんやデ！」

と言うのは、私が、

「私なんか四年間でAの数が八個！」

と言うのと、同じなのです。本人はそれが自慢になると思っているけれど、今の時代には全く響かず、かえって「痛い」。

太古の昔から人は、

「今時の若者はなってない」

と言っていたのだそうです。大人達は若者のやり方を見て「なってない」と思い、

「昔はよかった」と郷愁を募らせた、と。


しかし今の若者を見ていると、私はちっとも「なってない」と思いません。ズベ公からルーズソックスのギャルまで、奇矯《ききょう》な恰好《かっこう》で青春のモヤモヤを発散するのが日本の女子高生でしたが、今は皆、制服を改造することもなく、学生らしい恰好をしている。高校生の茶髪もメイクも今や時代遅れの感じだし、前述のように大学生達も真面目に勉強しているという。強いて言うなら、あまりにもまともすぎるため、文句をつけるところが無いというところが、若者に対する不満と言えば不満か。

そんなわけで、私の新入生向けのトークは、全くキレの無いまま、何とか終了しま

した。今の若者は、真面目なだけでなく、「良い子」でもあります。終了後に駆け寄ってきて、

「上手く文章を書くには、どんな勉強をしたらいいんですかねっ？」

などと、質問をなげかけてくる。

大人としての自信などまるで持っていないことがバレないよう、

「やっぱり、本を読むことが一番いいと思いますよ」

などと答えてみながら、私は「こんなＯＧでごめんね」と思っておりました。せめて皆さんには、「昔は、無為に学生時代を過ごして授業料を無駄にしていた人達もいたのだなぁ」と反面教師にしていただき、しっかり勉強してほしい……。

今の学生達も、一見まともそうでありながら、ネットに翻弄されたり、過去に友達をいじめまくったりいじめられまくったりと、様々な問題を内面に抱えているのだとは思います。親が常に子供をフラジャイルとして扱ってきたため、「反抗」を知らずに成長したことによって、大人になってからその種子が暴発したりするかもしれない。

いずれにせよ私達が年をとった時、面倒を見てくれるのは彼等の世代なのだなぁと思うと、申し訳なさとありがたさでいっぱいになった私。若者達が眩《まぶ》しく見えたのは、加齢のせいだけではないのでしょう。

少子化世代、死への不安

　自民党の加藤寛治《かとうかんじ》衆議院議員が、結婚式の挨拶《あいさつ》ではいつも、

「ぜひとも三人以上、子供を産み育ててほしい」

といった話をする、という発言が話題になっていました。

　結婚式のスピーチで、

「早くご両親にお孫さんの顔を見せてあげてください」

などという発言を滅多に聞かなくなった今となっては、懐かしい香りが漂うこの言葉。加藤氏この時、七十二歳、国会議員としての使命感を持っての発言なのでしょう。

　この手の発言に対して、我々は既に慣れてしまい、驚かなくなってきてはいます。田舎のおじいちゃん的な人がつい、ポリティカル・コレクトネス（以下ＰＣ）とか何とかといった面倒臭いことを考えず、

「まんだ子供いねぇのか？」

などと邪気なく胸のうちをさらけ出してしまうという、これは「少子化あるある」。

この手の発言で印象的なのは、二〇〇七年に当時の柳澤伯夫《やなぎさわはくお》厚生労働大臣が言った「産む機械」です。女性を機械にたとえ、

「産む機械、装置の数は決まっているから、あとは一人頭で頑張ってもらうしかない」

と言ったことが大炎上。きっと色々と立派な成果を残した政治家であったろうに、「産む機械の人」という印象しか、今は残っていません。

表現は違えど、両者が訴えることは共通しています。つまりは「日本の国力を上げるため、一人の女性に、多くの子供を産んでほしい」ということ。出産可能な年頃の女性（＝産む機械）の数は増えないのだから、一人あたりがたくさん産まないと日本は衰退する、と。

両者とも、その発言の何が問題なのかさっぱりわかっていないまま、おそらくは周囲からヤイヤイ言われて撤回、ということになったのですが、保守派の政治家としては、

「女が子供を産まないと日本が駄目になることがどうしてわからないのか？」

と、歯嚙《はが》みをしたい気分だったのではないか。

日本の少子化を推し進めてきたのが我々世代、ということは以前も書きました。丙《ひのえ》

午《うま》の時にガクッと下がって一・五八となった出生率、それよりもさらに下回ってしまったことによって皆が「あわわ」と思ったという「一・五七ショック」は一九八九年、私が社会人になった年のこと。しかし「じゃあ産まなくては！」とは思わず、私はバブル景気を楽しんでいた。

日本史上最低の出生率である一・二六が叩《たた》き出されたのは二〇〇五年で、その危機感から柳澤氏は「産む機械」発言をされたのだと思いますが、ちなみにその時点で私は、三十九歳。

三十九歳と言えば、出産に関しては微妙なお年頃です。頑張れば、まだ産むことができるかもしれない。けれど頑張るのも面倒臭い……と、子供を産んでいない女性達は悶々《もんもん》とするのです。

三十九歳当時の私も、一応「うーむ」とは思っていました。まぁ、今妊娠したら堕ろしはしないな、くらいのヤル気は出た。

が、ふと気がつけば、世の出生率は一・二六だという。「なんだ、みんな産んでないんじゃん」と、日本人らしくすっかり安心し、妊娠出産に対する積極的なアクションは起こさずに四十代を過ごしました、と。

しかしここに来てふと思うのは、自分のこの先についてです。三十九歳の時はまだ、産むか産まぬか、といったことを考えていましたが、五十代ともなると、見えてくるのは子供がどうこうではなく、老&死という未来。

もちろん、例外はあるでしょう。私はジャネット・ジャクソンとタメなのですが、彼女は五十代になってから出産している。が、そのような気力、体力、財力を持たぬ身としては、子ナシのまま老年期を迎えることが確実。

となると浮上するのは、自分の介護や看取りをどうする、という不安です。前出の加藤議員は、結婚式のスピーチに盛り込むのは「三人子供を産め」ということだけではなく、

「結婚しなければ子供が生まれず、人様の子供の税金で老人ホームに行くことになる」

とも言うのだそう。

何でもこの加藤議員は、六人もの子供を持つ子福者。

「ワシの襁褓《おしめ》を替える要員はたくさんいるけん」（加藤議員は長崎出身。長崎弁、および一人称は、あくまでイメージです）

という自信から、このような発言になったのでしょう。「ワシは人様の子供の税金に頼らなくてもいいとよ」と。

この時の「人様」とは、六人の子供を持つ加藤議員のような人を指します。「子ナ

シの人達の面倒を見させるために子供達を育ててきたわけではない」と、言いたいのだと思う。

このような発言は、ＰＣ的には問題があるものの、ある種の人々の本音であることは事実です。加藤議員は、子供をつくらず人様の税金で老人ホームに行くような図々しい人にならないためにも、あなた達は子供をたくさんつくりなさいよ、と新婚夫婦に発破をかけている。

そして私は、自分が「人様の子供の税金で老人ホームに行く」要員だと世間様から思われていることを、改めて実感するのでした。この手の「子ナシハラスメント」は、今に始まったことではありません。人様の子供の税金云々《うんぬん》という話も既に何度も聞いていて、税金を他人の為に使われることが嫌な人は多いことを、ひしと感じる。

確かに六人も子供がいたなら、税金を使用せずとも、家族で加藤議員の介護と看取りをすることができましょう。「私も子はいませんが、働いて税金は納めているんです」などという叫びは、戯言《ざれごと》にしか聞こえまい。

子供というものは実際、「親の看取り要員」なのだなぁと、五十代ともなると実感するものです。私の両親は既に他界していますが、看取ったり葬儀を出したりという様々な行為の度に、

「で、私の時はどうするんだろ？」

という思いが頭をよぎった。

人が一人、この世からいなくなるというのは実に大変なことであり、親達はそんな作業を子供達にしてもらうことによって、親業をまっとうします。今まで日本ではずっと、親を看取って葬式を出して墓に入れて……という作業は子供が担っていたのであり、「こんな面倒臭いことを、私は誰にさせるというのだろうか」と思う。

子供を持つ人もまた、安心はしていられません。今時の子供は良い子ばかりで親とも仲が良い、ということは以前も書きましたが、一人とか二人の子供では、何かアクシデントがあった時にどうなる、という感じ。「ぜひとも三人以上」と加藤議員が力説する背景には、そんな事情もあるでしょう。

また昨今の親の口癖は、

「子供に迷惑をかけたくない」

というもの。自分が年をとって子供にやっかいをかけるという事態を、心の底から恐れています。

子供がいてもいなくても、私達がしばしば語り合うのは、

「昔の人って、よく自分の子供とか、ヨメとかに平気で介護をさせたよね」

ということです。

「自分の実の娘なら、嫌だけれどまだわかる。でも息子の妻にシモの世話とかしてもらうなんて、絶対に無理！」

と、男女の子供を持つ友は言う。

私には姪《めい》がいるのですが、私の老&死にまつわる業務が姪にのしかかるかと思うと、今から申し訳なさでいっぱいになります。それまでにどうにかして、彼女に迷惑をかけず、老いたり死んだりするシステムを考えておかねば、と思う。

「昔は家族間の上下関係がはっきりしていたから、親が子にシモの世話をしてもらうのは当然、という感覚だったのかもね。ましてやヨメとかって、奴隷感覚で使えただろうし」

「高齢者を施設に入れるということに対する罪悪感と外聞の悪さが、半端じゃなかったみたいだものねー」

などと言い合う我々は、もちろん全員が「さっさと施設に入りたい」という感覚。

少子化世代の我々、「若者は貴重品」という認識が浸透しているので、子供とか若者に対しては、とにかく気を遣います。堂々と家族に世話をしてもらっていた昔の人とは、感覚がおおいに違う。

「うちの父親が『死ぬ時は家がいい』とか言うんだけどさ」

「うわっ！　それって昔の人、それも男の人の発想だよね」

「そうなのよ、誰が面倒見るんだっつーの」

などという会話にもなるのですが、「家族に迷惑をかけることがストレスにならない」という層は、確実に存在する。

それは、家事や育児、介護の大変さを実感したことがない人たちなのでしょう。「俺は家で死にたい」という思いが先行し、自宅でケアする家族が高齢だったり仕事があったり、ということには思いが及ばない。

政府はまた、医療費を抑えるという観点から、終末期を自宅で過ごすという方向にもっていこうとしているようです。しかし政府の意向に添うことができるのは、色々な意味で余裕を持つ家庭に限られましょう。

そんなわけで私達は、とにかく自宅以外の場所で死にたい、と願っています。

「病院とか施設で、プロの他人にケアされて死にたい！　その方がずっと、楽な気持ちで死ねそう」

と。

こんなことを言っていると、

「そうやって人様の子供の税金を……」

という加藤議員の嘲笑《ちょうしょう》が聞こえてきそうです。

「あんた方が年をとった頃には、若い世代はぐっと減っている。今でも人材不足の介護職を誰が担うのか？　いやワシには六人の子供がいるから、何の心配もないがね」

と。

確かに加藤議員の言う通りなのであり（言ってないが）、いわゆる人口ピラミッドを見てみれば、若者の数はジリ貧。若者はたくさんいて高齢者は少ない、という感覚がかつてはあったからこそ「人口ピラミッド」と命名されたのでしょうが、日本のそれはもはや全くピラミッド型をしておらず、頭でっかち型なのです。

その中でぽこりぽこりと二つの山があるのは、団塊の世代と、団塊ジュニア世代。団塊ジュニア世代はあまり子供を産んでいないので、三つ目の山はありません。

二〇二五年には、一つ目の山である団塊の世代が全て七十五歳以上、すなわち後期高齢者となります。その時点で、七十五歳以上の人口は日本人の十八パーセント。六十五歳以上では三十パーセントを占めることになる。

この時、私はギリギリまだ五十代なのですが、その後、高齢者の割合はどんどん増えていきます。二〇六〇年の予想を見ると、六十五歳以上の割合は約四十パーセント。

日本の人口も八千万人台に減り、もはやピラミッドの面影はなく、和蠟燭《ろうそく》のよう。

では二〇六〇年に私は何歳なのかと考えてみますと、九十四歳なのでした。さすがに生きていないのでは、という気がしますが、しかし私の祖母は、それぞれ一〇一歳と九十九歳まで生きています。その頃には女性の平均寿命が九十歳超え、という予測も出ている。もしかしたら生きていたりするのかも。……と思うと、こ、怖い！

怖さのあまり、今は考えないようにしている、というのが、私達の「老後」に対する偽らざる姿勢です。怖いからこそ、「子供に迷惑をかけたくない」のみならず皆が言うのは、

「そんなに長生きしたくない」

ということ。

九十代を迎える方が全く珍しくない、今の時代。しかし健康なままというわけには、なかなかいきません。親の介護を担っている人達は、「私は長生きしたくない……」と、まるで祈るかのように言う。

高齢者に対して、

「長生きしてね」

と語りかける人を見る機会も、めっきり減りました。私が子供の頃は、お年寄りと

見たら、

「長生きしてくださいね」

と言うのが、挨拶代わりだったのに。

私が四歳だった一九七〇年、日本人の平均寿命は男性はまだ七十代に届いておらず、女性も七十代前半。「長生き」はそうそうできないものであったから、「長生きしてね」というフレーズは有効でした。たまに九十代を迎える人がいると、素直に寿ぐことができたものです。

対して今、長生きは珍しい事象ではありません。「長生きしてね」と言われなくても、人は長生きするようになったのです。

我々が高齢者になる頃、「長生きしてね」は死語となっていることでしょう。人口も子供も減って介護の負担が重くのしかかる中、それでも日本人は高齢者に優しくしてくれるのだとは思いますが、「長生きしてね」と口に出すことは躊躇《ちゅうちょ》するのではないか。

そんな中で我々が考えるべきなのは、老や死にかかる手間やお金の、ダウンサイジングです。自分が死んだ時のことを考えて断捨離したり、エンディング・ノートを用意する、といった行動は今も進んでいますが、「あとは子供達に任せる」と死にっぱなしにできる時代は、終わりました。「自分で自分の始末を考える」ことが、必要となったのです。

親の葬儀を出して思ったのは、「これを自分の時もしてもらうには、無理がある。ていうか、してもらいたくない」ということ。通夜、告別式、四十九日、一周忌に三回忌に七回忌に……ということを、したい人はしてもよかろう。けれど、私のような子ナシ族は、死後、家族や友人に集まってもらうだけでも御の字で、それすら「迷惑かけるな」と思う。戒名などもちろん不要だし、墓参りに誰も来なくても、化けては出ませんよ。

我々が夢見ているのは、樹木葬です。自分の家の墓とか、結婚相手の家の墓といった、つまりはどこかの「家」の墓に入れてもらうより、一人の人間として木の下に埋めて（人によっては海で散骨、とか）おいてほしい。家のメンバーの一員として未来永劫《えいごう》、お線香をあげつづけてもらいたいとは思わない。木の下で自然に消えていきたい。……という感覚。

我々、若い頃はよく、

「年をとったら一緒に住まない？」

といった夢を語り合いましたが、今となっては、年をとるにつれ人はわがままにな

ることを知っているので、そんなことは言いません。ですが、

「同じ木の下に埋まらない？　友達が近くにいるって、楽しいじゃないの」

　といった夢は、語っている。

そんな夢を語り合うことができる私達はまだ、本当の老後の不安を実感していません。「長生きしてね」が聞こえなくなった時代、「老後」と言えば「不安」と続く慣用句のようになっていますが、我々が抱く「不安」は、果たしてどのような姿を結ぶのか。それはまだ、誰にもわからないのです。

古い時代の末尾から

二〇一八年に発生した日本大学アメリカンフットボール部における悪質タックル事件を見て、私は胸のどこかを針で刺されたような痛みを感じておりました。もしも自分が日大アメリカンフットボール部の学生で、

「相手を潰《つぶ》してこい」

などと監督から言われたならば、やるだろうな、と思ったから。

あの事件は、多くの運動部出身者の胸に、苦くて重い記憶を呼び起こさせたのではないでしょうか。私が大学時代に所属していた運動部もまた、練習中にやる気が見られないと言っては先輩が後輩を殴り、試合に負けたと言ってはＯＢが現役を殴り……という世界でありました。

なぜそのような部を辞めなかったのか、という話があろうかとは思います。私も何度も辞めたいとは思いましたが、以前にも記したように根性自慢の気があるもので、

普通の女子大生の楽しみをなげうち、四年間を全うしたのです。

まだおぼこい気持ちを持っていた、当時の私。「こういうものなのだろうか？」と思ってしまったというのが、部を辞めなかった理由の一つ。講義にも出ず、他の世界を見ないでいたせいで、自分がいた部がこの世の全て、くらいの感覚で、棒立ちになっていた。

しばらく続けていると、「今さら辞めても」という気分にもなってきました。テニスサークルとかに入ってチャラチャラするのもつまらないから、何かのスポーツに打ち込みたいと思って入った部でしたが、あまりに拘束時間が長いため、大学にはロクに知り合いもいない。途中で部を辞めても、チャラチャラした世界にすらもう入れないし……、という感覚もあった。

部においては、さすがに女は殴られなかったのですが、自分のすぐ隣で人が殴られるのを見るのは、つらいものでした。さらには、

「暴力はやめましょうよ」

と言うことができない自分もまた、暴力に加担しているかのよう。殴られている仲間をただ見ていると、自分も殴られているような気持ちになると同時に、一緒に殴っているような感覚にもなりました。おそらくは家庭の中で、父親から殴られている母

親を見ている子供、のような状態だったのではないか。

タックルをした日大の選手は記者会見で、「監督の指示でも、それを拒否できなかった自分が悪い」といったことを言っていました。彼の発言を聞いていると、隣で仲間が殴られているのに、

「暴力はやめましょうよ」

と言うことができなかった時の苦々しい気分が、私の胸に逆流してくるかのよう。彼はああ言っていましたが、アメフトをするために大学に入ったような自身の立場を考えると、その指示を「拒否する」という選択肢はなかったでしょう。

私のいた部では、今は暴力という悪習は見られなくなっています。昔はそのような部だったので、私がいた時代は部員数がジリ貧状態に。さすがにまずいということになったのでしょう、我々が卒業してからしばらくすると、親御さんにも試合に来てもらえるような、健全な部となった模様です。

時を同じくして、体育の指導とか運動部というものは、全体的に変わっていきました。根性重視の非科学的な指導が、姿を消していったのです。

日本のアスリート達も、変化していきます。「絶対服従」「根性」といったＭっ気をたくさん持つ人ほど強くなる、という感覚から、「自分で考えてプレイする」とか

「試合を楽しむ」といった風潮に。

おそらくは旧日本軍の流れを汲《く》むのであろう、「絶対服従」的日本の体育会文化の最後の担い手が我々だったのだなぁと、今になって私は思います。それは、就職後はとにかく根性を出して働いて、上司の言うことに従っていれば終身雇用で将来の不安は無し、と思うことができた最後の世代ということでもある。

対して少し下の就職氷河期世代は、どんな大きい企業でも潰れないとは限らないということで、「根性なんて、出すだけ損」。宴会で、上司から「脱げ」と言われれば素直に全裸になっていた上の世代（＝我々）を、虚無的な目で見つめていたのではないか。

このように、我々が根っからの後輩体質であるからこそ、日本の軍隊文化は、昭和の末期まで脈々と続いてしまいました。が、我々にもしできたことがあったとしたら、その軍隊文化を次世代に引き継がなかったことではないか、という気はします。

とはいえ、

「こんな不毛なこと、もうやめよう！」

と、自発的にやめたわけではありません。世代的につらい経験をしたことがない我々は、いつまで経っても「下を引っ張る」という気概が湧いてこない、純粋な後輩体質。そのため、「自分達も殴られたのだから下も殴ってやれ」というよりも、下を殴ることによって発生する責任や恨みを恐れて、殴るよりも殴られ続ける方を選びました。

　結果的にそこで負の連鎖が終わり、軍隊文化は廃れることになったのではないか。バブル崩壊という時代背景とともに、我々世代のそういった消極的気質も、軍隊文化の衰退に関係している気がします。

　だというのに、いまだ日大アメフト部のような軍隊調の部が存在しているということに驚いた私。日大アメフト部が一つのブランドであったからこそ、近代化せずとも生き残っていくことができたのかもしれません。他の世界を見ることができない蛸壺《たこつぼ》のような世界は、他にもまだ存在しているのでしょう。

　いずれにせよ、私達が若い頃、強権だの暴力だのに対して毅然《きぜん》とした態度をとらず、唯々《いい》諾々《だくだく》と上の言うことに従っていた影響は、細々とであっても今の世に伝わっているのです。一人で記者会見に臨んだ日大選手に対して、その親の世代として、何だか私も申し訳ないような気分になってきました。

　私達が上の世代に対して「ＮＯ」と言うことができなかったことにより、若い世代にも迷惑をかけている事象は、他にもあります。「#MeToo」で世界的な話題となったセクハラ問題についても、私達は「ＮＯ」と言わず、何となくやり過ごしてきたのです。

「セクハラ」という言葉は案外古くから存在していて、日本では一九八九年に、新語・流行語大賞の新語部門金賞を受賞しています。セクシュアル・ハラスメント、すなわち性的いやがらせという言葉は、アメリカにおいて一九七〇年代に言われはじめ、その頃には日本の一部雑誌でも紹介されてはいました。しかし当時、セクハラ行為は「職場の潤滑油」といった感覚であり、男性達はそれのどこが悪いのか、全くわかっていなかった模様。女性達も不愉快には感じていたものの「ＮＯ」と言う発想が無かったため、野放し状態であったと思われます。

八〇年代となって、次第に「セクハラ」という略語が流通するようになると、その語感のちょっとした間抜けっぽい響きのせいもあってか、次第に人口に膾炙《かいしゃ》するようになってきました。バブルの時代は、人々も調子にのっていたのでしょう、セクハラ曲線も右肩上がりに。さすがに問題となって、「セクハラ」は流行語となったのです。

「セクハラ」が流行語大賞となった年に、私は就職しました。紳士的な社風であったせいか、はたまた私の資質のせいか、皆さんにご披露できるような派手なセクハラ体験は無いのですが、それでもちょこまかと、「まがい」はあった。

ではそんな時に私がどうしたのかといえば、

「ニヤニヤしていた」

のです。「やめてください」と言うとか、ムッとした顔を見せるといったことはせず、「とりあえずこの場の雰囲気を壊さずに、スルーしよう」ということで、ニヤニヤに終始した。

「セクハラ」が流行語になってからは、気軽に、

「それ、セクハラですよ」

と指摘できるようにはなりました。しかし私の若い頃は、言うとしても、

「それ、セクハラですよ（笑）」

というニュアンスになりがちだったものです。

（笑）がついてしまうと、男性は真剣には受け止めません。流行《はや》り言葉を使って冗談を言っているのだな、と思われるだけ。真剣にその行為をやめてほしいという意志を伝えるには、

「それ、セクハラですよ（怒）」

という語調と表情が必要でした。

しかし私達は、それができなかったのです。何せ軍隊文化の最後の担い手である

我々、男子達が上官からの不条理な暴力に耐えているのであれば、私達は不条理なセクハラくらい、耐えなくっちゃあ。……という銃後のド根性があったせいなのかどうかはわかりませんが、「波風を立てたくない」という思いが強く、冗談交じりにしか、抗議をしてこなかった。

「セクハラ」が流行語になったのが一九八九年、そして「#MeToo」が日本で本格的に話題になってきたのが、二〇一八年。三十年ものあいだ、セクハラの存在が指摘されつつも、その対策はさほど前進していなかったのか。……と思うと、若い世代に対して「申し訳ない」と思わざるを得ない。

全く変化が無かったわけではありません。この三十年の間に、企業ではセクハラをいつでも訴え出られるような窓口を用意したり、専門家を招いて研修をしたり、といった対策もしていた模様。

しかし「#MeToo」の騒動を見ていると、

「今までずっと、セクハラを我慢してきた。訴えられる環境ではなかった」

と、若い当事者達は言っています。ここにきてやっと本格的に、男性達はセクハラに対する「気をつけなくっちゃあ」という気持ちを強く持つようになったのです。

やはり、

「それ、セクハラですよ（笑）」

では、男性達に我が身を振りかえらせるには至らなかったのでしょう。会社で女性社員の尻《しり》を触るといった如実なセクハラはもちろん減りましたが、セクハラの手法はさらに細分化され、水面下に潜っていきました。ハリウッドに端を発した「#MeToo」という黒船によってようやく、日本人は「あ」と思ったのです。

上の人は、下の人を殴っていい。男は、女の尻を触っていい。……といった昭和のやり方は、つまりはどちらが上でどちらが下かを明確にしておくためのものでした。職場であれ家庭であれ、上下関係を明確化した方が組織は管理しやすいということで、年下よりも年上の方が偉い、女よりも男の方が偉い、という上下差がはっきりとつけられていた。昭和の中頃までは、「家庭で夫が妻を殴るのは当然」という感覚もあったのです。

しかし平成以降、その差が急激にフラット化していく動きが見られます。企業では、年功序列ではなく、能力によってその業績を判断されるように。男性と女性の差も、もちろんまだまだ残ってはいるものの、名ばかりでない平等が、求められるように。

それればかりではありません。差異や際というものを、まさに際立たせることによって社会を運営するのが昭和までのやり方だとしたら、平成以降は差異や際を溶解させる動きが、強まっています。

ネットの普及によって、どこにいても一定の情報が得られるようになって、若者が地方に住むという選択肢が広がったり。日本にやってくる外国人が、うんと増えたり。……ということで、地域の間にあった際も、溶けてゆく。

男女間の際も、曖昧《あいまい》化が進んでいます。ＬＧＢＴの人達の存在感がぐっと強まり、「人は、男と女にパッキリと分けられるものではない」という感覚が浸透してきました。テレビを見ても、マツコ・デラックスさんを筆頭に、男と女のあわいを漂う感じのタレントさんが出ずっぱり。

そういえばマツコ・デラックスさんは、就職氷河期世代の人です。上の世代の、「区別、大好き」な感覚が、どうにも我慢ならなくなったのかもしれず、差異とか際とかを軽く無視するその胆力が、おおいに受けているのです。

ほどなく平成という時代は、終わりを迎えようとしています。昭和が平成になった三十年前、この平成という時代が終わる頃には、巨大な体躯《たいく》の女装家が、各局で自らの名を冠したレギュラー番組を持ち、ＣＭクイーンの座にも輝くということを、誰が想像したでしょうか。まだその頃には、美輪《みわ》明宏《あきひろ》さんとかカルーセル麻紀《まき》さんといった大御所を除けば、その手のタレントさんといったら、おすぎとピーコしかいなかったなぁ……。

昔から、男女の差、長幼の序、身分の差といったものがきっちりと決められていて、その境を乗り越えることは容易でなかった、日本。そんな日本に大きな衝撃をもたらしたのは、第二次世界大戦での敗戦です。GHQが入ってきて憲法は変わり、女性に選挙権が与えられたり、学校が共学になったり、華族制度が廃止されたりと、つまりは「人間、横一線」ということになったのです。

とはいえ制度を変えたからといって、人々が急に平等な感覚や人権意識に目覚めるわけではありません。それからもずっと、上とか下とかといった区別を心の中でつけたがる癖は日本人の中に残ったのであり、それは生まれてから成人するまでの、最も心の柔らかい時代を昭和に生きた私達の中にも、確実に存在しています。

境界や際というものが溶け出していく、そのターニングポイントとなったのは、やはり昭和から平成への移行期ではないかと、私は思います。それは、バブルの時代とも重なっていたわけですが、「平成」すなわち「平らに成る」という名前は、まさにこの時代の体を表していたのではないか。

バブル崩壊後の長引く不況は、その後「第二の敗戦」と言われました。経済的に大きな打撃を受け、国際的な競争力という点においても、その時期にぐっと後退。

　第二の敗戦は、第二次世界大戦における敗戦と似たような変化をも、日本人の心にもたらした気がします。一九四五年の敗戦では、日本の様々な制度をＧＨＱが変更し、それまでの価値観をも変えようとしました。そして第二の敗戦においては、マッカーサーがやってきたわけではないけれど、一九四五年の敗戦後も日本に脈々と残り続けた価値観の縛りが、変化する契機となったのではないか。

　バブルの終焉《しゅうえん》という経済的な敗北感は、「今までの仕組みとか枠組みとかって、意味が無いのでは？」という感覚を、日本人に与えました。しかしある世代よりも上の人々は、「とはいえまぁ、今までの感覚のままでもいけるのでは？」と思い続けたわけで、それこそが我々世代。

　本書では今まで、自分とその世代とが抱く、「自分達って、駄目なのでは？」という感覚を、見つめてきました。若いうちはまだ、「ま、若者っていうのは駄目なものでしょう」と思っていられましたが、三十代、四十代になってもまだ、駄目感を拭《ぬぐ》うことができない。そしてとうとう五十代になったというのに、駄目感は減るどころか増している気も。それは時代の分かれ目において、新しい時代の先頭ではなく、古い時代の末尾についたからこそのものではないかと、私は思います。

　昭和という時代は今、懐古の対象となり、昭和を知らない若者達にも、ウケが良いのだそう。昭和終了後、三十年が経って、その生臭さもようやく抜けてきたのでしょう。

しかし昭和が懐かしいばかりの時代なのかといえば、それは違います。上から下への暴力もセクハラも、それは昭和から現在に引き継がれている遺物。自分の中の駄目さを直視して提示することによって警鐘とし、せめてそれが次世代に受け継がれないようにしたいものよと、思うのでした。

おわりに

私の親は、子供の頃に戦争を体験しています。戦争を知っている最後の世代と言っていいでしょう。

だからこそ、「子供には苦労をさせたくない」と、私達の世代は、大切に育てられてきました。美味《おい》しいものを食べ、物質的に不自由な思いもすることなく、大人になったのです。

その頃、人々が一生懸命に働いた結果、日本はどんどん豊かになっていきました。大学進学率も、平均寿命もアップ。かつては当然のように差別されていた女性の地位も、向上していきます。親よりも子の方が高い教育を受け、親よりも豊かな生活をするのは当たり前になりました。

右肩上がりの時代の最後に、後にバブルと言われる時期が到来します。やがてバブルは弾けて消えるわけで、その後に日本を覆ったのは、どんよりとした斜陽感でした。

そんな中、「親よりも高い学歴」や、「親よりも豊かな生活」は、皆が得られるものではなくなってきます。時代の空気を敏感に感じとった若者達は、どんどん質素になっていきました。海外離れ、酒離れ、ブランド離れにレジャー離れに自動車離れ。……と、私達が若い頃に夢中になっていた事物から、若者達はスーッと離れていったのです。

物質的なものばかりではありません。面倒だからということで、恋愛やセックスから離れていく傾向もあるようで、若者は既に、本能からも自由になろうとしている模様。

若者がこのように静かに生きている一方で、じゃんじゃん買い物をしたり、レジャーや海外旅行に夢中になったり、いくつになってもモテたい、不倫したいとギンギンしていたり……というのは我々だけ、というムードになってきました。ネットの中で色々と済ませ、貯金などしながらまったりと過ごしている若者からしたら、「おめでたい人達だなぁ」という感じではないか。

後輩体質である私は、今まで「上の世代は、下の世代よりも苦労をしているもの」と思って生きてきました。親は子よりも苦労をし、貧しい時代を過ごしているのが当然だったのです。

しかし自分が大人になってみたら、私達は下の世代よりも明らかに苦労をしていませんでした。苦労知らずであるが故に、気のいいところがある私達。自らの駄目さ加減を恥じたり隠したりすることなく、齢《よわい》五十を迎えました。そんな私達を親や上司として持つということに対して、若者達はどう思っているのでしょうか。セクハラやパワハラにも高い意識を持つ若者達は、下ネタも根性も大好きな私達に、辟易《へきえき》としているかも。申し訳なく思いつつも、せめて私達の駄目さの内訳を明らかにしておきたいと思って書いたのが本書、ということになります。

もちろん我々世代であっても、ちゃんとしている人は、割合としては低いかもしれないけれど、存在しています。そんな方々にとっては甚だ腹立たしい本書の内容かと思いますが、しかし自分達の世代がどうにも軽くて駄目っぽいということは、そんな方々も感じていたはず。ちゃんとしている方々には、我々の分まで重々しく生きていっていただきたいと、願ってやみません。

二〇一八年の三月には、本書でも触れた「とんねるずのみなさんのおかげでした」が、終了しました。古い世代の最下級生である私達にとって、十代の頃からずっと先輩として慕っていたとんねるずが表舞台から退いたことは、何かの終了を意味します。それは、何事にも旺盛《おうせい》であることをよしとする時代の終焉《しゅうえん》を意味するのかもしれません。

時代の変わり目である今、社会の中軸を担うべき年頃である我々の駄目さは、浮き彫りになっています。しかしさらに時代が進んでいけば、我々の軽さは次第に目立たなくなりゆくのではないかと、私は思っています。高齢になるにつれ、世代の特性は次第に薄れゆくもの。その世代が現役だった頃は頻繁に見た「団塊」という言葉も、今はあまり目にしないようになってきました。同じようにバブルはほとんど日本史上の出来事であるわけで、今後バブル世代の特性もまた、老化とともに埋もれてゆくに違いない。

そうなってきた時に、

「あのおばあちゃんが若い頃は、たいそうチャラチャラしていたみたいよ」

「ていうか今でも軽いのでは？」

などと若い人から見ていただければ幸いなのであり、最後まで道化役としての任務だけは、まっとうしたいと思っているのでした。

最後になりましたが、勝手に「駄目な世代」にしてしまった同世代の皆様に、深いお詫《わ》びと感謝、そして愛を捧《ささ》げます。皆さんのゆるさと優しさに、いつも私は救われております。

単行本の刊行にあたっては、氷河期世代であるＫＡＤＯＫＡＷＡの辻村碧さんに、お世話になりました。最後まで読んでくださった皆様へとともに、御礼申し上げます。

平成三十年　秋

酒井順子

文庫版おわりに

青春をコロナ期に過ごした世代は将来、コロナ世代と呼ばれることになるのだろうか。その世代は、どのような特徴を持つと言われることになるのだろうか。

……などと考えつつ、マスクの日々を過ごしている今。「〇〇世代」とは、その世代の人々の意思や希望がつくるものではないということを、改めて感じています。戦争や景気といった上の世代がつくった大きな動きや、地震やコロナといった突然の出来事によって最も影響を受けるのは、その時に心身ともに柔らかな状態でいる若者達です。好むと好まざるとにかかわらず、人は時代がもたらす運命を背負って、生きていくことになるのでした。

私の世代は、十代初期から二十代の初期までを、一九八〇年代に過ごしました。日本史上稀に見る軽い時代であった、八〇年代。その締めくくりにバブルがやってきたことによって、時代の印象は決定づけられます。

ついでに言うなら、私が生まれた頃は「昭和元禄」と言われた時代でした。高度経済成長の波に乗り、東京オリンピックや大阪万博も開催して、国中が「自分達、イケてるのでは？」と乗っていた、日本。そんな昭和元禄からバブルにかけての時代に、私の心身は様々なものを吸収して大人になったのです。

私が子供の頃、戦争は「三十年前に終わった」出来事でした。私にとって、それは歴史の中の出来事であり、自分とは関係の無い話だったのです。

しかし今、バブル崩壊が既に三十年ほど前の出来事であったと思えば、自分が生まれた頃の「戦争」は、それほど昔のことではなかったとわかります。親や祖父母にとって戦争は、まだ昨日のことのように感じられたのではないか。戦時中に幼少期を過ごした親世代が頑張って経済を成長させていった結果として、バブルという時代とバブル世代とが育っていったのです。

そんな我々は偏差値世代でもあり、結果としてゆとり教育やゆとり世代を産み育てることになりました。今、そろそろ孫が生まれてもおかしくないという年頃になってきたということで、孫はコロナ世代になるのかも。……と思うと、全ての世代は繋がっていることがわかります。極端な方向に時代が振れると、次はその揺り戻しで正反対の方に世は動く。そんな世代の変遷を見ると「因果」という言葉が脳裏に浮かぶのであり、自分の中にも先の戦争や、その前に日本が経験した様々な出来事の影響の残《ざん》滓《し》を見て取ることができるのです。

「○○世代」などというレッテルを貼らないでほしい。世代の特性に合致しない人は、山ほどいるのだ。……という意見は、全ての世代の人が持つものです。世代でカテゴライズすることによって、そこに属する人の個性は、勝手に平板化されてしまうのですから。

しかし、親がどのように育てたかが子の一生を左右するように、若い頃にどのような時代の空気を吸ったかもまた、その人の人生には大きく関わります。先日は、「バブル世代って、すぐにモテるとかモテないとか、恋愛に引き寄せて考えるよね」と、二十代の女性が言っているのを聞いて、つい吹き出してしまった私。確かに若者の言う通りであり、恋愛にがっつくことのない若者にとって、バブル世代がいつまでもモテだの恋だのと騒いでいるのは、理解できない感覚でしょう。

発情している時代に青春を過ごしたからこそ、我々は恋愛に熱い思いを抱き続けています。その発情は、七〇年代の学生運動やらウーマンリブやらの真剣な怒りやエネルギーが鎮まった後に反動として発生した、「一期《いちご》は夢よ　ただ狂へ」的な感覚。

そうしますと、我々の中の恋愛に対する尽きせぬ思いもまた、太古の昔より繋がる日本人の一特性のあらわれなのではないか、と思うのでした。そんな我々がいたからこそ、下の世代は揺り戻されて恋愛に対して冷静なのでしょうし、さらにその下の世代は、また揺り戻されて、恋愛に対して熱い思いを抱くようになるのかもしれない……。
自分が歴史の中の一コマだとすると、バブルによってもたらされた特性もまた、愛《かな》しく思えてこようというもの。そんなバブル臭も歴史の流れの中にやがては埋もれ、消えていくのであり、もしかすると今は、バブルの残り香を感じることができる最後の時なのかもしれません。そう考えると、本書でさんざ駄目呼ばわりしたバブルという能天気な鬼っ子はどこか憎めない存在にも思えてくるのであり、もうしばらくは掌でこっそりと転がしていようかと思うのでした。

文庫化にあたっては、ＫＡＤＯＫＡＷＡの岸本亜紀さんに大変にお世話になりました。同世代の皆様へのエールを込めつつ、読んでくださった方々へも御礼申し上げます。

令和二年　秋

酒井順子

解説

小《こ》林《ばやし》　聡《さと》美《み》（俳優）

私が生まれたのは昭和四十年。東京オリンピック開催の翌年、ビートルズ来日の一年前だ。年号の末尾がゼロなので、この人とは何歳違いか、この出来事があったのは私が何歳のときだったのか、という計算が比較的楽なのが気に入っていた。しかし昭和六十四年がスライドして平成元年となってからは、その計算がまったくできなくなった。そうこうしているうちに元号は平成から令和となり、さらなる混沌へ。

酒井《さかい》順子《じゅんこ》さんとほぼ時を同じくして昭和の子どもとして生まれ、バブル時代のおめでたい風を存分にあびて青年から成人となった私もまた、「大人」というにはあまりにも頼りない感じをぼんやり抱きながら、こんなに大きくなってしまった。この頼りない感じは、あくまでも私自身の問題であって、それは生い立ちや家族構成、生年月日、血液型などからなる私の性格、人格によるものだとばかり思っていた。ことあるごとに自分の至らなさを恥じ、反省し、ま、いっか、と諦めたりしていたのだが、酒井さんによると、それはなんと我々世代全般にみられる特徴だというではないか。特に、不自由を体験したことがないゆえの「世の中を変えなくては」という思いの欠落、さらに「世のため人のためになっていない」というコンプレックスの披瀝《ひれき》は、まさにうすらぼんやりながらつねづね私が抱き続けていたもやもやをピンポイントで開示している。さらに衝撃なのは、現代日本の大きな社会問題である晩婚化・少子化を推し進めたのは我々世代だという指摘。それは生殖能力のピークが日本経済のバブル期と重なってしまった我々世代の、日本に及ぼした最大の影響だと酒井さんは考える。就職先も選び放題、仕事も遊びも景気が良く、出産や子育てよりも楽しそうなことがたくさんあって、それがこの先終わることなど考えもしなかったおめでたい世代。しかし我々の浮かれていたバブル経済は、もとをたどれば実はもっと上の世代が発生させたもので、さらにその源流を突き詰めていくと、戦争にまでたどり着くという酒井さんの分析は興味深い。我々の親世代は「焼け跡世代」。好きな物も手に入れられず、やりたいこともできなかった自分の代わりに「自分の好きなように生きなさい。私ができなかったことをしなさい」と甘やかされて育った我々、のこと。青年・成人期がバブルと重なってしまったのは、もう、抗いようのない時代の流れだったのだと腹におさめるしかないのだった。

酒井さんと私は、バブル期以前から、学生でありながら就労していたという共通点がある。酒井さんは出版界、私は芸能界。我々はそれぞれの場で、昭和のアバウトでアナログな職場が、だんだんギラギラしていくのを心身の成長とともに自然なこととして受け入れていったのだろう。経済の豊かさはまさに空気のようなもの。空気はあって当たり前。我々は若さも相まって胸いっぱいに時代の空気を吸っていた。女子大生ブームからの女子高生ブーム、ブランドもの、海外旅行、マハラジャ、とんねるず、松田《まつだ》聖子《せいこ》。酒井さんも注目したこれら時代を象徴するアイテムは、どこか愚かしくもそこはかとなく明るい。正直楽しかった。すみません。

そんな時代を謳歌した我々世代は、リーダーシップもなく、いつまでも後輩体質のまま、社会的にはもはや薹《とう》の立ったポジションに。そして時代は平成から次世代へ。脈々と横たわる我々の愚かさ、駄目さをつまびらかにし、それが後世に受け継がれないよう身を挺《てい》した酒井さん。「バブル世代」として人生の最後まで道化の役を引き受けることを高らかに宣言した酒井さん。そんな覚悟をした責任感のある酒井さんは、まさに駄目な世代を代表した、「国民の叔母」（これは清《し》水《みず》ミチコさん）ならぬ「国民の園長」と呼ぶにふさわしい。

（「本の旅人」二〇一九年一月号より転載）

本書は、二〇一八年十二月に小社より刊行された単行本『駄目な世代』を改題し、加筆修正のうえ、文庫化したものです。

バブル・コンプレックス

酒《さか》井《い》順《じゅん》子《こ》

令和2年 11月25日　初版発行
令和6年 9月20日　再版発行

発行者●山下直久

発行●株式会社KADOKAWA
〒102-8177　東京都千代田区富士見2-13-3
電話　0570-002-301（ナビダイヤル）

角川文庫 22417

印刷所●株式会社KADOKAWA
製本所●株式会社KADOKAWA

表紙画●和田三造

●お問い合わせ
https://www.kadokawa.co.jp/（「お問い合わせ」へお進みください）
※内容によっては、お答えできない場合があります。
※サポートは日本国内のみとさせていただきます。
※Japanese text only

ISBN 978-4-04-109982-7　C0195

◆◇◇

角川文庫発刊に際して

角 川 源 義

　第二次世界大戦の敗北は、軍事力の敗北であった以上に、私たちの若い文化力の敗退であった。私たちの文化が戦争に対して如何に無力であり、単なるあだ花に過ぎなかったかを、私たちは身を以て体験し痛感した。西洋近代文化の摂取にとって、明治以後八十年の歳月は決して短かすぎたとは言えない。にもかかわらず、近代文化の伝統を確立し、自由な批判と柔軟な良識に富む文化層として自らを形成することに私たちは失敗して来た。そしてこれは、各層への文化の普及滲透を任務とする出版人の責任でもあった。

　一九四五年以来、私たちは再び振出しに戻り、第一歩から踏み出すことを余儀なくされた。これは大きな不幸ではあるが、反面、これまでの混沌・未熟・歪曲の中にあった我が国の文化に秩序と確たる基礎を齎らすためには絶好の機会でもある。角川書店は、このような祖国の文化的危機にあたり、微力をも顧みず再建の礎石たるべき抱負と決意とをもって出発したが、ここに創立以来の念願を果すべく角川文庫を発刊する。これまで刊行されたあらゆる全集叢書文庫類の長所と短所とを検討し、古今東西の不朽の典籍を、良心的編集のもとに、廉価に、そして書架にふさわしい美本として、多くのひとびとに提供しようとする。しかし私たちは徒らに百科全書的な知識のジレッタントを作ることを目的とせず、あくまで祖国の文化に秩序と再建への道を示し、この文庫を角川書店の栄ある事業として、今後永久に継続発展せしめ、学芸と教養との殿堂として大成せんことを期したい。多くの読書子の愛情ある忠言と支持とによって、この希望と抱負とを完遂せしめられんことを願う。

一九四九年五月三日

角川文庫ベストセラー

私はゲゲゲ
神秘家水木しげる伝
水木しげる

境港で幼少時代を過ごした水木しげる。のんのんばあとの出会いから、戦争、結婚、赤貧時代、そして人気漫画家へ……あらゆる世代で〝水木しげる〟が愛される秘密がここにある。

財布のつぶやき
群ようこ

家のローンを払い終えるのはずっと先。毎年の税金問題も悩みの種。節約を決意しては挫折の繰り返し。〝おひとりさまの老後〟に不安がよぎるけど、本当の幸せって何だろう。暮らしのヒントが詰まったエッセイ。

三人暮らし
群ようこ

しあわせな暮らしを求めて、同居することになった女3人。一人暮らしは寂しい、家族がいると厄介。そんな女たちが一軒家を借り、暮らし始めた。さまざまな事情を抱えた女たちが築く、3人の日常を綴る。

欲と収納
群ようこ

欲に流されれば、物あふれる。とかく収納はままならない。母の大量の着物、捨てられないテーブルの脚に、すぐ落下するスポンジ入れ。家の中には「収まらない」ものばかり。整理整頓エッセイ。

無《む》印《じるし》良《りょう》女《ひん》
群ようこ

自分は絶対に正しいと信じている母。学校から帰宅しても体操着を着ている、高校の同級生。群さんの周りには、なぜだか奇妙で極端で、可笑しな人たちが集っている。鋭い観察眼と巧みな筆致、爆笑エッセイ集。